GEDANKENREISEN
EIN LOGBUCH VOM SCHNEEGANTER

AF282187

Vom Kielwasser

Jedes fahrende Schiff im Meer
zieht ein Kielwasser hinter sich her.
Die Wirbel der Großen sind eine Schau,
die der kleinen dagegen eher flau.
Allerdings verwischt die Natur
in kurzer Zeit jede Spur.

Sollten wir wirklich versuchen auf Erden
mit unserer Macht bedeutender zu werden?
Die meisten kommen damit doch nicht weit,
ihr Wirbel verliert sich rasch im Meer der Zeit.

So laßt uns friedlich in einer Freiheit leben,
die wir bereit sind auch anderen zu geben.

Die deutsche Bibliothek – CIP Einheitsaufnahme

GEDANKENREISEN
EIN LOGBUCH VOM SCHNEEGANTER

Herstellung und Verlag: Books on Demand GmbH, Norderstedt
ISBN: 3-8334-0474-4

Titelbild: Petra Pfost
Layout und Gestaltung: Andreas Pfost
© 2003 Friedrich Hemme

Vorwort

Nicht zuletzt wegen meiner beruflichen Bindungen
habe ich lange nur recht oberflächlich über
meine Umwelt nachgedacht. Erst im Rentenalter und nach
einer Erdumsegelung, die mir neue
Perspektiven beschert hat, habe ich begonnen, mir über
Beobachtetes und bis dahin unbekannte
Zusammenhänge eigene Gedanken zu machen und die
auch aufzuschreiben.
Dabei ist ebenso wenig ein Lehrbuch, wie ein
Missionierungsversuch entstanden, sondern eine Art von
Protokoll, das den Leser zur eigenständigen
Meinungsbildung anregen soll. Genau dies aber
versuchen alle Institutionen, die uns von
ihrer Meinung überzeugen wollen, mehr oder weniger
suggestiv zu verhindern. Natürlich können
deren Argumente auch stichhaltig sein, müssen es
aber nicht. Wir, als freiheitsliebende Bürger,
sollten jedoch niemals dem Diktat einer Meinungsmache
gedankenlos folgen. Schließlich dürfen
wir nicht übersehen, dass sich alles Irdische, also
auch Ansichten, wie ich sie hier darstelle, im Lauf der Zeit
verändert.

FH.

Inhalt

Inhalt

Inhalt

Inhalt

Kapitel 1 Philosophisches

Vom Denken

Denken unterscheidet den Menschen vom Tier,
es öffnet dem Menschen zum Menschsein die Tür.
Wenn sich das Bewusstsein mit ihm verbindet,
der Mensch den Zugang zu sich selber findet.

Ohne Sinne kämen wir nicht zum Denken,
könnte keine Begriffe miteinander verschränken.
Wir brauchen die irdische Welt des Scheins
für unsere Vorstellungen von der Welt des Seins.
Je bewusster wir uns im Denken üben,
desto besseren Überblick wir kriegen.

Nur mit Denken lässt sich Erkenntnis gewinnen,
um gleich darauf mit neuem Denken zu beginnen,
denn wir müssen immer weiter fragen,
weil wir das Bedürfnis dazu in uns haben.

Wenn wir nur die Logik strickt beachten,
können wir auch Abstraktes betrachten.
Wir können Theorien entwerfen
und dabei unsere Denkfähigkeit schärfen.

Die Geschichte macht es uns offenbar,
dass mit heißem Kopf schon viel verdorben war.
Emotionales Denken ist Balsam für das Gemüt,
bei rationalen Themen es uns ins Abseits zieht.

Menschen zu bestimmten Handeln bringen,
wird dagegen emotional besser gelingen.
Für Werbung, Politik und vieles mehr
ist das, weil oft erprobt, recht populär.

Besser ist es eigenständiges Denken zu üben,
um keiner Fremdbestimmung zu erliegen,
um uns nicht zu leicht verführen zu lassen,
zu Sachen, die uns eigentlich nicht passen.

2000

Glauben

Jeder will sein Wissen erweitern
und muss dennoch an Grenzen scheitern.
Kommt er in den transzendenten Bereich,
endet alle Wissenschaft sogleich.
Hier hat der Glauben seine Heimat,
in der sich Gewissheit eingerichtet hat.

Glaube ist auf Vertrauen gegründet.
Ein Gläubiger in ihm die Sicherheit findet,
dass sich die Hoffnung für das erfüllt,
was sich hier oder im Jenseits verhüllt.
Glauben spannt zur Zukunft eine Brücke,
denn er überwindet jede Wissenslücke.

Auch wenn eine Lage ausweglos erscheint,
der Gläubige solche Vorstellung verneint.
Ihm wird stets der Trost zuteil,
dass ihm sicher ist ein ewiges Heil.

Er ist sich eben seiner Sache gewiss,
denn Glaube kennt kein Hindernis.
Mit den Intellekt lässt es sich das nicht erfassen:
der Gläubige wird nie von seinem Gott verlassen.

Für mich verbirgt sich dahinter keine Person,
ich ahne eine Allkraft hinter jeder Zellfunktion.
Sie ist die letzte Ursache aller Biologie,
vielleicht in einer Form von Energie.

Wie könnte ich mich dieser öffnen,
um von deren Kraft zu schöpfen?
Berge versetzen wäre dann dasselbe Problem,
wie für die Gläubigen von ehedem.

1999

Kirche und Cassandra

Von vielen Religion ist anerkannt
des Menschen Leben liegt in Gottes Hand.
Sein Ebenbild ist niemals umzubringen,
keiner dunk'len Kraft wird das gelingen.

Doch wenn wir in die Vergangenheit sehen,
war es schon oft um andere Arten geschehen.
Die Menschen haben dabei mitgewirkt,
die Kirche sich hinter Schweigen verbirgt.

Die Natur uns zu Diensten zu machen,
gehört zu den kirchlich erlaubten Sachen.
Dienstleister sollte man aber nicht schädigen,
von dem die Kirchen leider weniger predigen.
Die Maximen sind mehr zum Jenseits gerichtet,
das aber irdische Konflikte nicht schlichtet.

Freie Denker sich anscheinend mehr bemühen,
die Menschen zu besserem Tun zu erziehen.
Sie sind sich auch darüber im Klaren,
dass diese nur selten vernünftig waren.

Sie haben vieles intelligent angelegt,
und durch anfängliche Erfolge angeregt,
sind Menschen stets maßlos geworden
und haben viel von der Umwelt verdorben.
Wir nähern uns jetzt gefährlichen Stufen,
dürfen nicht wie Cassandra vergeblich rufen.

Die Verantwortung für unser Tun und Wagen
können nur irdische Menschen tragen,
die drohende Gefahren nicht verbrämen
und stattdessen Kämpfe auf sich nehmen.

Auch die Kirche sollte sie erkennen,
die Probleme, die uns auf der Seele brennen:
Umweltverbrechen als solche brandmarken,
ließe das Umweltbewusstsein erstarken!

1199

12

Zweifel

Im Mittelalter wurde selten gezweifelt,
denn das hat die Kirche vereitelt.
Sie war die allwissende Instanz,
unberührt von jeder Toleranz.
Wer an ihrem Weltbild zweifelte,
den sie kurzerhand verteufelte.

Freies Denken erst zögernd begann,
als es schließlich zur Neuzeit kam.
Von geistiger Vormundschaft befreit,
fanden die Menschen mehr Wirklichkeit.

Sie wollten die ganze Welt erklären,
trafen dabei aber bald auf Sphären,
in denen sie auf Probleme stießen,
die Zweifel aufkommen ließen,
denn sie entdeckten zahllose Fragen,
für die sie keine Antwort haben.

Gibt es Gott oder gibt es ihn nicht?
Ein JA gibt es nur aus gläubiger Sicht.
Ein NEIN ist auch nicht angebracht,
das haben Kant und andere durchdacht.

Steigt deshalb der Wunsch nach Spiritualität,
die zweifelnde Menschen besonders anzieht?
Doch sollten wir nicht verhehlen,
dass Gurus niemals Zweifel quälen.

Dagegen fördern in der Wissenschaft
Zweifel manche Forscher-Leidenschaft.
Zweifel an den eigenen Fähigkeiten
dagegen zu Unsicherheit leiten. -

Das hat uns die Aufklärung geschenkt:
Denken ist mit Zweifeln durchtränkt.
Dies ermahnt zu mehr Behutsamkeit
in allen Fragen der Urteilssicherheit.

2000

Endstation Nihilismus?

Ein Jahrtausend war Denken kirchlich bestimmt,
bis Descartes das Denken als Existenzbeweis nimmt.
Damit war das Denken von alten Fesseln befreit,
man war zum Gebrauch der Vernunft bereit.

Dieses eigene Denken, nicht mehr unterdrückt,
hat den Menschen in den Mittelpunkt gerückt.
Ein neues Weltbild wurde ersonnen,
die Neuzeit hatte endlich begonnen.

Mit dem Denken wurde der Zweifel geboren,
die gewohnte Gewissheit ging dabei verloren,
denn was im Glauben als sicher gilt,
erscheint gedacht in einem anderen Bild.

Die vertraute Sicherheit ist uns genommen,
zahllose Ideen haben wir dafür bekommen.
Aber zu jeder findet sich eine Gegenidee
und das treibt uns in eine Ideenodyssee.

Unsicherheit erleben wir in allen Bereichen,
der Werteverfall ist ein weiteres Zeichen.
Ist nichts mehr sicher und alles erlaubt,
sich Nihilismus ins Bewusstsein schraubt.

Dem Gehirn, dem Zentrum unserer Existenz,
fehlt wohl zum Weltverständnis die Potenz.

Sucht man darum nach einer Autorität,
der man sich unterwerfen kann im Gebet?
Andere sich dem Autoritären versagen
und nach anderen geistigen Stützen fragen.

Sie alle suchen die unwandelbare Instanz,
frei vom menschlichen Elend und Glanz.
Bei Erfolg winkte den Suchenden ein hoher Lohn,
dann wäre Nihilismus für ihn keine Endstation.

2000

Transzendenz

Jenseits der Grenze empirischer Existenz
beginnt der Bereich der Transzendenz.
Das, was von unseren Sinnen wahrgenommen,
beschreibt die Welt nur unvollkommen.
Fragen nach dem Wesen von Dingen,
uns in transzendentes Gebiet bringen.

Für Plato verbarg sich dort die Idee des Guten
in der Form eines alles bestimmenden Absoluten.
Auf die Frage - existiert ein Gott oder nicht -
allerdings keine Antwort Gewissheit verspricht.

Der Mensch möchte eben alles erklären,
und braucht dazu transzendente Sphären.
Das hat die Vernunft nicht unterbunden,
sondern dazu die Metaphysik erfunden.

Sie hat sich lange in Spekulationen ergangen
und erst nach Kant neue Ziele empfangen.
Nun wird sie als Methode der Vernunft gesehen,
um so mit übersinnlichen Begriffen umzugehen.

Empirisches und Transzendentes, man meint,
sind zum großen Ganzen des Seins vereint,
was neben vielem anderen dazu führt,
dass sich Kausalität im Übersinnlichen verliert.

Zur Suche nach metaphysische Wesenheiten,
sind Grenzen der Erfahrung zu überschreiten.
Dann sind wir mitten im Philosophieren:
Irdisches mit Transzendentem zusammenführen.

Gewissheit bleibt uns jedoch verwehrt,
dafür wird uns aber Hoffnung gewährt.
Das Geheimnis des Seins bleibt unentdeckt,
des Lebens tiefster Sinn sich hinter ihm versteckt.

2000

Spontaneität

Unsere Freiheit ist eine Angelegenheit
zu vielfachem philosophischen Streit.
Der findet im Metaphysischen statt,
das nichts Beweisbares zu bieten hat.

Für Rationalisten war die Welt ein Automat,
in dem jeder Vorgang seine Ursache hat.
Spontaneität sei nur eine Illusion
oder ein unhaltbares Axiom.

Das machte auf Dauer keinen Sinn,
denn zuviel Spontanes wies darauf hin,
dass Kausalität nicht alles beschreibt
und somit Platz für Unerklärbares bleibt.

In dieses Dunkel brachten Physiker etwas Licht,
denn Kausalität gibt es im ganz Kleinen nicht.
Zunächst wurde das für Materie festgestellt,
ein Hinweis auf Spontaneität in unserer Welt.

Auch die Biologen kamen auf ihre Art
zu einem überraschenden Resultat:
Spontanes sei allen Organismen zueigen,
das würde sich in ihrer Evolution zeigen.

Wir erleben unsere Spontaneität
frei von bedingender Kausalität,
in dem sicheren Gefühl,
das man tut, was man will.

Doch solange wir vom Unbewussten sprechen,
können wir mit dem Kausalen nicht brechen.
Charakter und Erfahrung ziehen ihre Spuren
in den Denk- und Entscheidungsstrukturen.

Aber damit ist die Sache nicht entschieden,
denn zu vieles ist weiter unklar geblieben.
Ist auch eine Klärung noch weit entfernt,
so habe ich das für mich gelernt:
Vernunft denkt kausal - Ideen kommen spontan,
Alleine auf ihre Ausgewogenheit kommt es an.

2002

Prinzipien

Sie sind die obersten Bedingungen weithin
für jede Denk- oder Wissensdisziplin.
Sie bilden die Basis jeder Wissenschaft,
betreibt man diese nur gewissenhaft.

Der Mensch, in seinem ständigen Denken
kann sich nicht allein auf sie beschränken,
So hat er von ihnen Regeln abgeleitet,
damit ihm das Wahre nicht entgleitet.

Deshalb gewähren Gesetze und Konventionen,
Sicherheit für Menschen und für Nationen.
Sie genügen den heutigen Ansprüchen,
unterliegen aber jedenfalls dem Zeitlichen.

So entwickelt sich im Wandel Widerspruch,
da geht Altvertrautes auch einmal zu Bruch.
Dann werden alte Regeln zu Hindernissen
für Entscheidungen mit aktuellem Wissen.

Jetzt ist eine Eigenständigkeit gefragt,
die sich einer solchen Behinderung versagt.
Natürlich ist sorgfältig abzuwägen,
welche Werte nunmehr unser Handeln prägen.
Prinzipien werden dadurch nicht berührt,
dazu sind sie viel zu fest geschnürt.

Berufen sich Politiker auf höheren Zweck,
setzen sie sich über Gegebenes hinweg.
Sie bewegen sich damit auf einem Grat,
der seine besonderen Kletterregeln hat.

Menschen, die jede Anpassung vermeiden,
also nur nach Vorschrift entscheiden,
werden kaum etwas Großes vollbringen,
denn es wird ihnen aus »Prinzip« misslingen.

2001

Werteordnung

Unsere Ethik wurde von Werten bestimmt,
die seit Jahrtausenden anerkannt sind.
Der Westen hat sich daran orientiert,
jetzt ist Zeit, dass man stärker korrigiert.

Der Mensch als Krone der Schöpfung sieht
diese Werte geordnet in Reih' und Glied.
Der ganze Globus soll ihm dienstbar sein,
seien es Tiere, Pflanzen oder das Urgestein.

Das macht den Erhalt des Lebens problematisch,
das Artensterben steigt schon jetzt dramatisch.
Wollen wir noch länger auf dem Globus wohnen,
müssen wir ihn weitaus besser schonen.

Ein neuer Wert ist dazu einzuführen
und in höchster Priorität zu platzieren.
Die Wahrung des Lebens stehe an erster Stelle,
die Natur besorgte das schon für die erste Zelle.

Blieben wir aber für diese Einsicht blind,
all die hohen Werte für uns nutzlos sind,
denn ist die Natur unserer überdrüssig,
entsorgt sie uns als gefährlich und überflüssig.

Die Würde des Menschen stehe an Stelle zwei,
es gibt noch viele Spielarten von Sklaverei.
Wir finden sie auch bei kapitaler Übermacht
in der weltweit harten Marktwirtschaft.
Beide Werte zu schützen wäre höchste Pflicht,
doch an solcher Ethik arbeitet man nicht.

Schon heute besteht die Notwendigkeit
für Grenzen erkennende Bescheidenheit.
Vernunft und Einsicht sollten das gebieten,
um späteres Leid und Krisen zu verhüten.

Die Ethiker müssten sie endlich spüren,
die Notwendigkeit neue Werte einzuführen.

2000

Phantasie

Gedanken, die über Grenzen schweifen,
sind als Phantasien zu begreifen.
Die, von jedem geistigen Zwang befreit,
entstehen losgelöst von Raum und Zeit.

Dann wirkt im uns eine seltsame Kraft,
die ein bildhaftes Bewusstsein schafft.
Das passiert bei Kindern täglich viele Mal,
zum Spielen brauchen sie nur wenig Material.

Phantasien geraten aber auch zur Last,
wird einer von zu vielen erfasst.
Dann bleibt es bei Tagträumen,
Kreatives wird er meist versäumen.
Phantasiert er nämlich ungezügelt,
kein Erfolg ihn mehr beflügelt.

Phantasie ist die Mutter der Kreativität,
ohne die es schlecht um den Fortschritt steht.
Sie erfasst meist das Ganze, das WAS,
zum WIE gehört Können im hohem Maß.

Das ist eigentlich die wahre Kunst,
Tragendes zu erkennen im genialen Dunst.
Zu Greifbarem kommt es erst später,
das hat dann in der Legende viele Väter.

Anderes ist länger Vision geblieben,
wie früher der Traum vom Fliegen.
War ihnen das Phantastische genommen,
ist es zu phantastischen Erfolgen gekommen.

Phantasien vermitteln Hoffnung und Mut,
ohne sie fühlen wir uns weniger gut,
denn Phantasie bereichert unseren Geist,
wenn er Ungewohntes willkommen heißt.
So pflege ein jeder Geist und Phantasie,
dann altert er nur langsam oder - nie.

2000

Gemeinsamkeiten

Seit Langem hat es Horden gegeben,
nur so konnten die Menschen überleben.
Gemeinsamkeiten waren lebensnotwendig,
der Drang nach ihnen ist noch heute beständig.

Sich für einen Zweck zusammenfinden
und Zweck-Gemeinsamkeiten gründen.
Ohne diese gäbe es keine Staaten,
wir würden sonst ins Chaos geraten.

Auch im Alltag sind sie weit verbreitet:
Ob man geschäftlich zusammen arbeitet,
oder sich in Hobby-Vereinen trifft,
oder in Volksbegehren Politiker verblüfft.

Bei Esoterik, Glauben und Gefühlen
verbleibt man in virtuellen Vestibülen.
Gemeinsam strebt man dort nach Idealen
im unbegrenzten Transzendentalen.

Die Familie bildet von jeher eine Bastion,
in der sich Materielles und Emotion
zum Erreichen von Zwecken vereinigen
oder um Ungemach zu bereinigen.

Gemeinsamkeiten dieser Art werden kleiner,
ganz auf sie verzichten will aber keiner.
Wenn wir uns von allen Bindungen befreiten,
stände es schlecht um Gemeinsamkeiten.

Wenn wir, verstrickt in einen Streit,
denken würden an Gemeinsamkeit,
wäre dem leichter ein Ende zu machen,
anstatt sich ernsthaft zu verkrachen.

Häufig wird Gemeinsamkeit erst dann ein Wert,
wenn einer, ihrer verlustig, sie wieder begehrt.
Weil sich niemand mehr für ihn interessiert,
er sich einsam im eigenen Ich verliert.

2000

Klimaschwankungen[*]

Fast alle sagen wärmeres Klima voraus,
andere gehen vom Gegenteil aus:
Wir gingen einer Eiszeit entgegen,
das würde uns noch mehr aufregen.

Die Gletscher wachsen demnach wieder,
Naturfreunde singen Freudenlieder,
die Treibhaussünder lachen laut,
nun ist ihnen nichts mehr verbaut.

Aber die Geschichte geht weiter:
Der Himmel zeigt sich weniger heiter,
die Weine sind nicht mehr die alten,
die Winzer Subventionen erhalten.

Nach Norden gibt es keine pauschale Reise,
in Afrika steigen die Grundstückspreise,
in Garmisch läuft die Schisaison heiß,
in Schweden versinken Bahnstrecken im Eis.

Ein Ende ist noch lange nicht abzusehen,
die Autobahnen im Schneesturm verwehen,
die Landwirtschaft steht vor dem Ruin,
die Südländer beginnen Grenzzäune zu zieh'n.

Später hat das Gletschereis, gedrückt von oben,
Garmisch nach Eschenlohe verschoben.
Dann erst hat man sich mit der Rechnung beeilt,
wann München ein ähnliches Geschick ereilt. -

Wie es weiter geht, das weiß man nicht,
das aber sei die Moral von der Geschicht':
So könnte in einer späteren Zeit,
viel enden von menschlicher Machbarkeit.

1999

* Wenn der Golfstrom ausfällt

Sprache und Intellekt

Die Tiere verständigen sich über Signale,
sie haben auch ganz spezielle Rituale.
Bei Hunger oder im sexuellen Affekt
ist Stärke wichtiger als Intellekt.
Sie beißen, kreischen und brüllen,
um sich Wünsche oder Begierden zu erfüllen.

Erst der Homo Sapiens fand zur Sprache,
anfangs eine schlecht artikulierte Sache.
Wollten sie mit ihr etwas beschreiben,
konnten sie nicht bei beim Kleinhirn bleiben.

So wurde im Kopf dieser Nicht-mehr-Affen
evolutionär Intelligenz geschaffen.
Die Rückkopplung von Intellekt und Sprache
förderte entscheidend die menschliche Sache.

In der Horde konnten sie Pläne besprechen,
Widerstände gemeinsam schneller brechen,
Schreiend wilde Tiere besser jagen,
flüsternd zeigen Lust und Wohlbehagen.

Sie haben sich Erfahrenes berichtet
und sich enger sozial verpflichtet.
Sie haben ihre Welt mit Worten beschrieben
und Richtiges von Falschem unterschieden.

Als sie anfingen Theorien aufzustellen
und darüber kritische Urteile zu fällen,
war die Suche nach Wahrheit aufgenommen. -
So hat das philosophische Denken begonnen.

Leider reden wir heute zuviel
und denken nicht weit genug.
Mit der Sprache sind wir am Ziel,
der Intellekt ist noch auf Probeflug.

2000

Kritik

Sie ist die Kunst der Beobachtung allgemein,
wird aber meist das Aufzeigen von Fehlern sein.
Gutachter und Lehrer werden dafür bezahlt,
ein anderer dabei an seinem Selbstbildnis malt.

Wissenschaftler sollten sich dankbar zeigen
und sich vor ihrem Kritiker verneigen,
der sie auf Schwächen und Fehler hinweist,
ja sogar dann, wenn er ihr Werk zerreist.

Natürlich haben auch Kritiker ihre Schwächen,
wenn sie selbstgerecht in Emotionen ausbrechen.
Unter solchen Gegebenheiten
entstehen nur weitere Schwierigkeiten.

Dann wird eine boshafte Debatte geführt,
in der man sich gegenseitig kritisiert.
So finden sie sich in ihrem Hasse
gefangen in einer Sackgasse.

Wenn wir von diesem Fall absehen,
kann aus Kritik ein Dialog entstehen,
aus dem dann neues Wissen erwächst,
stimmig im gesicherten Kontext.

Im Kraftfeld zwischen Machen und Kritik
entsteht in einem schöpferischem Augenblick
etwas, das wir bisher noch nicht kannten,
vielleicht noch gar nichts ahnten.

Wird einer nicht vom Genius geküsst,
was häufig genug zu beobachten ist,
und von jemand kritisch gemessen,
dann sollte er dieses nicht vergessen:
Das ist eher ein Freundschaftsbeweis
und für sein Schaffen ein sicheres Gleis.

2000

Verstehen

Die Schwierigkeit sich gegenseitig zu verstehen
verursacht viele Probleme im Weltgeschehen.
Meist sind es kleinere Unstimmigkeiten,
die sich zu ernsten Konflikten ausweiten.
Damit sind wir beim Verstehen angelangt,
ein Prozess, der viel Vernunft verlangt.

Zwei Gruppen werden sich nur verstehen,
wenn sie von Gemeinsamkeiten ausgehen.
Stimmen sie in einer Sache überein,
wird auch anderes zu diskutieren sein.
Allerdings wird dabei nicht zuletzt
noch ein guter Wille vorausgesetzt.

Wenn Kompetente uns Wissen vermitteln,
gilt es dies zu verstehen und nicht zu bekritteln.
Anders käme niemand und nichts voran,
alles finge immer wieder von vorne an.
Wenn uns allerdings darüber Zweifel plagen,
ist auch Altgewohntes zu hinterfragen.

Lässt sich dann Wahres von Falschem trennen?
Das werden wir nie vollkommen können,
denn solange wir die Welt nicht durchschauen,
gibt es keine Gewissheit, aber Vertrauen.
Jedes Verstehen wäre zumindest gestört,
wenn nicht Vertrauen dazu gehört.

So verbinden Anerkennung und Erkenntnis
sich im Dialog zu Einsicht und Verständnis.
Dabei haben weder Vernunft noch Tradition
von vornherein eine dominierende Position.

Verstehen zeugt von höchster Lebenskunst,
verbindet sich zu oft hinter mentalem Dunst.
Wenn nur die Mächtigen sich darauf verstünden,
könnten alle Länder endlich Frieden finden.

2000

Gegeneinander

Jeder Mensch ist ein Unikat,
mit dem jeder andere zu leben hat.
So bestehen Bewusstseins-Differenzen,
die gegenseitiges Verstehen begrenzen.

Im Bewusstsein gibt es auch ein Rechtsgefühl
und damit kommen Ansprüche ins Spiel.
Dann bildet sich ein autogener Imperativ
für den werden Rechtsanwälte häufig aktiv.

Mit Vernunft könnte man sich einigen,
würden uns Vorstellungen nicht peinigen,
gegründet auf individuelles Rechtsgefühl
und das verdirbt jedes objektive Kalkül.

Bei einem anarchischen Zusammenleben
würde es nur Verlierer geben.
Dann wäre es mit guten Manieren vorbei,
hätten wir keine Gerichte oder Polizei.

Bei Nationen ist es die Souveränität,
die verstehender Koexistenz im Wege steht.
Auf Völkerrechte ist hier kein Verlass,
jeder Staat setzt sich sein eigenes Maß.

Kein Land will einsichtig verzichten,
wird sich eher auf Konflikte einrichten.
Die aber führen nicht zu dauerhaftem Frieden,
die Gründe müssen wohl im Menschen liegen.

Sein Wesen scheint unveränderbar zu sein,
es widersteht Erziehung und allen Gängeleien.
Trotz allem Leiden im Weltgeschehen
blieb unser Wesen unverändert bestehen.

Würde es einmal schmerzgeplagt erweichen,
dann würde das einer Neuschöpfung gleichen.
Aber solange wir diesen Menschen nicht haben,
ist wohl paradiesisches Hoffen zu begraben.

2000

Logik

Sie sagt uns wie wir denken sollen,
wenn wir Wahrheiten finden wollen.
Wir haben sie entdeckt und nicht erfunden,
unser Denken hat sich fest an sie gebunden.
Weil seine (logischen) Schritte unfehlbar sind,
ist Wissensvermehrung zwingend sein Kind.

Ziehen Gedanken zu Unbekanntem weiter
ist Logik ihr zuverlässiger Begleiter.
Gehen sie aber von Unzutreffendem aus,
kommt logischerweise Falsches heraus.

Menschen, die tief fühlen oder glauben,
lassen sich das von der Logik nicht rauben.
Würde ihr Gemüt kaltblütig unterdrückt
wäre ihr Menschsein bald erstickt.

Spontanes hat mit Logik nichts gemein,
wird aber Beginn logischen Denkens sein.
Jedoch in wenigen Ausnahmefällen
kann sich Logik als Bremse darstellen.

Wenn nämlich Phantasie bizarr erblüht
und »Unmögliches« als möglich sieht:
»Was schwerer ist als Luft soll fliegen?
Das ist als Hirngespinst zu rügen!«

Ist Vernunft vom Traum umfangen,
kann man nichts Logisches verlangen.
Beim Denken sollten wir ausgeruht sein,
nur dann bleiben Logikfehler eher klein.

Denken führt uns in das Transzendente,
unbeirrt durch hypothetische Elemente.
Es verbindet uns mit dem (ganzen) Sein,
doch Gewissheit schließt Logik nicht ein.

2001

Denkziele

Lange haben sich die Denker darum bemüht,
mit welchem Denken man die letzte Wahrheit sieht.
Fast dreitausend Jahre haben sie nachgedacht
und in dieser Hinsicht nur wenig vollbracht.

Nun wird die Suche nach Gewissheit aufgehoben,
und das Ich zur höchsten Instanz erhoben.
Wir müssen unsere Probleme alleine lösen,
dabei hilft uns kein irdisches Wesen.

Das soll den Menschen, die glauben,
nicht ihre feste Zuversicht rauben.
Auch sie müssen den Bedingungen genügen,
denen wir alle im täglichen Leben unterliegen.

Der Mensch ist jetzt ins Zentrum gestellt,
und betrachtet sein Verhältnis zur Welt.
Er denkt über seine Wirklichkeit nach
und lässt das Absolute im Ideenfach.

Erkenntnisse gewinnen wir nur von Phänomenen,
das Denken will sich aber ins Abstrakte ausdehnen,
denn das Wesen der Dinge ist wie ein Magnet,
der das Denken unwiderstehlich anregt.

Das können wir bewerten und beurteilen,
werden aber im Unvollendeten verweilen.
Doch beim Denken über sich in der Zeit,
findet jedes Menschlein seine Wirklichkeit.

Es bleibt dem Bewusstsein überlassen,
was wir für uns als wahr auffassen.
Der Eine seinen Lebenszweck für sich ergründet,
dem Anderen der Sinn dafür entschwindet.

2001

Philosophie und Physik

Die Wissenschaften haben seit frühen Tagen
die Naturgesetze zusammen getragen.
Schon in der Antike hat man herausgefunden,
Wirkung ist immer mit Ursache verbunden.
So kam man zur Kategorie des Kausalen,
als einem Prinzip des Universalen.

Aber jede Ableitung aus der Erfahrung
ist eine hypothetische Vereinbarung.
Die Gesetze des Kausalen gelten
auch nur in unseren Alltags-Welten.

Für die Mikroteilchen ohne Identität
beschreibt Wahrscheinlichkeit deren Realität.
Die Physik dieses noch dabei entdeckte:
Beobachtung verändert diese Objekte!

Da das Verhalten dieser kleinen Teilchen
sich auswirken kann in allen Bereichen,
beteiligt sich im Reich der Mikrobiologie
auch die Wahrscheinlichkeit an der Regie.
Diese Erkenntnis hat Unruhe gestiftet,
welche Geheimnisse werden noch gelüftet?

Soviel man sich von der Forschung verspricht,
ein Ende des Suchens ist nicht in Sicht.
Beide Disziplinen werden im Absoluten
nicht mehr ihr letztes Ziel vermuten.

Dieser Beitrag zur Erkenntnistheorie
fordert wieder die Philosophie.
Schon lächelt nicht mehr jeder Physiker
über die Gedankenwelt der Mystiker.
Beide Sparten sollten, wie bei den Alten
sich wieder gegenseitig in Bewegung halten.

2001

Darwin und wir

Darwin fasste es erstaunlich knapp:
alles Leben stammt von einer Zelle ab.
Über Mutationen entstanden die Arten,
die Natur konnte darauf geduldig warten.

Anpassung war das Entwicklungskonzept,
ein, wie wir wissen, bewährtes Erfolgsrezept,
denn wer im Leben schlecht abschneidet,
dem wird die Existenz bald verleidet.

Folgen Generationen in kürzerer Frist,
dann die Anpassung flotter ist.
Die Elefanten haben es besonders schwer,
den Bakterien kommt nichts so schnell in die Quer.

In jeder Art findet noch eine Auslese statt,
der Stärkere setzt seine Nebenbuhler matt.
Das genießt er mit allen Sinnen,
die Art kann dabei nur gewinnen.

So kam die Natur über die Jahrmillionen,
nun haben die Menschen größere Ambitionen:
Die Auslese ist für sie nicht stilgerecht,
dafür sorgt schon unser Sozialgeflecht.

Die Menschlichkeit dabei gewinnt,
doch, wenn Darwins Rechnung stimmt,
verringern sich für das Menschengeschlecht
die Überlebenschancen naturgerecht.

Diese Frage sich als offen erweist:
Steckt noch Potenzial in unserem Geist?
Leben wir im heutigen Verhalten und Begehren
zukunftssicher, entsprechend Darwin's Lehren? -

Ob wir auf Erden bleiben oder verschwinden,
kann darüber menschliche Intelligenz befinden?

2000

Irrläufer der Evolution?

Anpassung und Symbiose waren die Verfahren
mit denen die Organismen erfolgreich waren.
Hat das einmal nicht recht funktioniert,
wurden sie evolutionär eliminiert.

Mitleid hat in der Natur keinen Platz,
sie findet für Schwaches besseren Ersatz.
Die Natur, uns allen so lieb,
und wir entstanden nach diesem Prinzip.

Der Mensch, von der Vernunft verlockt,
hat sich schon viel Schlimmes eingebrockt:
Töten, versklaven und verwüsten,
Unheil findet sich in langen Listen.

Sein Großhirn machte ihn überlegen,
nur mit ihm konnte er überleben.
Mit der Züchtung von Pflanzen und Tieren
wir schon lange Evolution probieren.

Aber von diesem Erfolg verwöhnt,
haben wir unser Machen überdehnt:
Die Natur mit Intelligenz überspielen,
weil wir keine Grenzen mehr fühlen.
Wir sind dabei, Bewährtes zu verlassen,
um die Welt an *uns* anzupassen!

Wenn der Intellekt dazu verleitet,
dass der Mensch die Grenzen überschreitet,
hinter denen sich Natur entwickelt hat,
endet das mit einem bösen Resultat.

Denn wir drängeln uns auf Irrwegen,
fühlen wir uns Bestehendem überlegen. -
Wird die Natur uns das noch lange verzeihen,
oder sich von den Großhirnlern befreien?

2001

Metaphysisches

Hier die sinnlich fassbare, begrenzte Natur,
und dort der unbegrenzte, lebendige Geist,
auf beiden steht unsere gesamte Kultur,
die zeigt, was menschlich leben heißt.

Der Mensch versucht nun das zu erklären,
und verbindet dazu beide Sphären.
Naturwissenschaft fragt konkret nach dem WIE,
dem Übersinnlichen stellt sich die Philosophie.

War die Physik mit ihrem Latein am Ende,
war die Metaphysik die weiter Fragende.
Sie erdachte Axiome und Hypothesen,
die sind zwar niemals beweisbar gewesen,
doch haben sie andere Denker aufgerufen,
die dann wieder neue Hypothesen schufen.

Warum haben sie überhaupt so gefragt?
Das Ungewisse ihrer Existenz hat sie geplagt!
Wo gehen wir hin, wo kommen wir her,
doch das entdecken ist unendlich schwer.

Solange das die Menschen nicht wissen,
wollen sie Orientierendes nicht missen.
Diesem Drang ist viel Mystisches entsprossen,
aber das Wesen der Welt blieb uns verschlossen.

Bietet der Existenzialismus einen Aspekt?
Hat er doch uns als Mittelpunkt entdeckt.
Damit sind wir für uns selbst zuständig
und entwerfen unser Leitbild eigenhändig.

Bekäme aber der Mensch alles, was er will,
stünde sein Geistesleben still.
Dann drängte sich Nihilistisches zu Tage,
und damit wieder eine neue, offene Frage...

2001

Dialoge und Dogmatisches

Dialoge zwischen fremden Religionen
sind eingeschränkter als bei Nationen,
denn wird Dogmatisches dabei berührt,
gegenseitiges Verstehen am Prinzip erfriert.

Dialoge zwischen Religionen
können nur die Toleranz betonen,
denn Dogmatisches ist inspiriert,
und bleibe deshalb unberührt.
Lasst getrennt, was getrennt bleiben muss,
dann bleibt der restliche Dialog in Fluss.

Finden wir besser Gemeinsamkeiten,
um verbindende Dialoge vorzubereiten.
Wenn das einmal gelungen ist,
werden Probleme leichter gelöst.
Würde dabei Symbiose ein Grundsatz sein,
ließe sich früheres Unrecht eher verzeihen.

Wenn Staaten ihre Lebensweisen
und Kulturen als die Besten preisen,
und beginnen andere zu unterdrücken,
werden sie sich in Konflikte verstricken.
Soll sich wieder etwas zum Guten bewegen,
bleibt ihnen nur übrig Dialoge zu pflegen.

Verwandelt sich aber dabei Pragmatisches
unversehens in weltlich Dogmatisches,
erweist sich das zu oft als verhängnisvoll,
weil dann alles beim Alten bleiben soll.

Damit kommen wir zum Kern:
bleiben wir Irdisch-Dogmatischem fern,
denn darüber bin ich mir gewiss,
für Koexistenz ist es ein Hindernis.

2003

Natürliche Reaktionen

Die Natur hat bisher überlebt,
weil sie Gleichgewicht anstrebt.
Eine Art, die dieses übermächtig stört,
wird geplagt und schließlich ausgezehrt.
Wenn die Menschen die Natur zu sehr belasten,
wird das ihre Vitalität ernsthaft antasten.

Darin sich die Männer gerne sonnen,
ihre Kraft sei ihnen noch nicht genommen.
Doch ihre Spermien kommen
schon zögerlicher angeschwommen.
Auch deren Zahl vermindert sich dramatisch.
Der Mensch kuriert wieder symptomatisch.

Die Natur hier eindrucksvoll uns lehrt,
wie sie sich gegen Überlastung wehrt.
Lassen wir uns weiter nicht belehren,
wird sich die Natur noch stärker wehren.

Die Menschheit wächst zu stark,
wir essen chemisch veränderten Quark
und prionisch durchsetztes Rückenmark.
Dazu machen wir noch zuviel Dreck
und setzen uns darüber leicht hinweg.

Sogar die tote Materie reagiert,
wird die Atmosphäre ruiniert.
Die Erwärmung ist nachgewiesen,
nur wenige sprechen von Krisen.

Aber je länger wir warten,
um so mehr wird geschehen,
sollten einmal unsere Blütenträume
in reaktionären Stürmen verwehen.

2001

Sinngebung

Sehen wir in etwas einen Sinn,
weist das auf etwas Stimmiges hin.
Es passt in unser Harmoniegefühl,
hat Hand und Fuß und Ziel.
Natürlich gilt das nicht für alle,
denn es gibt die Weltanschauungsfalle.

Da wird etwas ins Absolute erhoben,
von Leuten mit dem Blick nach oben,
die uns einen Lebenssinn vorgeben.
Nicht für Jeden ein sinnvolles Bestreben.

Damit werden wir doch fremdbestimmt,
womit man uns die Möglichkeiten nimmt,
die zu unserem Bewusstsein passen,
und uns Gestaltungsfreiheit lassen.

Vorgedachtes, was uns nicht angemessen,
sollten wir zu unsrem Wohl vergessen.
Bewältigen wir das Leben freisinnig allein,
muss es deshalb doch nicht sinnlos sein.

In der Art und Weise wie wir leben,
können wir uns eigene Ziele geben.
An eigene Verbindlichkeiten denken,
heißt sich eigene Freiheit schenken.

Das ist für manchen schön und gut,
liegt aber längst nicht allen im Blut.
Die geraten dann in existenzielle Not
im Leiden vom Wissen um den Tod.

Darum belastet die Sinnfrage viele sehr,
beantwortet wird sie nur vom Glauben her.
Für den irdischen Agnostiker ist ohnehin
zunächst das Leben selbst des Lebens Sinn.

2001

Individuelles

Begriffe enthalten meistens Ideen,
die in unserem Geiste entstehen.
Wir erfahren sie nie lupenrein,
Irdisches kann nie vollkommen sein.

Was der Einzelne dann darunter versteht,
in dessen eigene Wertschätzungen eingeht.
Außerdem geht jedes Individuum
noch mit anderen Erlebnisdaten um.

Die Weltsicht eines jeden ist also verschieden,
und das gefährdet auch sozialen Frieden.
Darum müssen wir uns an Regeln binden,
wollen wir friedlich zusammenfinden.

Dazu gibt es Werte und Weisungen,
denen zu folgen sind wir gezwungen.
Bei uns würde Anarchie statt Ordnung sein,
griffe der Staat auf diese Weise nicht ein.

Weil dazu noch alles dem Wandel unterliegt,
sich ständig neue Notwendigkeit ergibt.
Das gilt auch für den Inhalt der Werte:
Manch einstig Gutes ist jetzt das Verkehrte.

Auch Gerechtigkeit zählt zu diesen Dingen,
um die wir miteinander so oft ringen.
Finden wir dabei nicht Gemeinsamkeiten,
wird uns das ernste Probleme bereiten.

So befinden wir uns in einen Dauerkonflikt,
über das, was für uns gut ist und sich schickt.
Die Rede vom Absoluten bleibe dabei stumm,
suchen wir lieber nach einem Optimum
zwischen Notwendigkeiten und Gefühlen,
die in unserem Leben eine Rolle spielen.

2002

Grenzen der Vernunft

Allmächtig scheint die Vernunft zu sein
und trotzdem brechen wir oft mit ihr ein.
Liegt das weniger am Denken als am Wissen,
dessen Mängel wir doch anerkennen müssen?

Jedoch dem Wissen ist nicht voll zu vertrauen
wir müssen mehr auf unsere Gefühle schauen,
denen unser Wille immer wieder unterliegt,
der dann seinerseits die Vernunft besiegt.

Wir können uns von dem nicht lösen,
denn das gehört zum menschlichen Wesen.
Hierin liegen nicht nur Unvollkommenheiten,
es lässt sich auch als einmalige Gabe deuten.

Mit Vernunft hat der Mensch überlebt,
seit langem er nach Höherem strebt.
Leider will er dauernd immer mehr,
geht das wirklich mit Vernunft einher?

Vernunft zeigt auch ganz andere Seiten,
so kann sie uns zu Pessimismus leiten.
Aber Aussichtslosigkeit, von ihr testiert,
wird emotional in Hoffnung mutiert.

Manchmal tritt sie auch zurück
und überlässt uns Zufall und Glück.
Instinkt und Triebe sind in uns geblieben,
könnten wir uns ohne diese je verlieben?

Wer sein Vernunftvermögen überschätzt,
wird später meist in Bedrängnis versetzt.
Hoffen wir, er stößt zur rechten Zeit
auf hilfsbereite Menschlichkeit.

Schließlich läuft doch alles auf dies hinaus:
Ist das rechte Maß in uns zu Haus,
dann werden wir um unsere Grenzen wissen
und unser Handeln seltener bereuen müssen.

2001

Sozialwissenschaften (SOWI)

Für die SOWI ist der Mensch ein Hindernis,
weil sein Verhalten immer ungewiss.
Die Gesellschaft ist daher für diese ein System,
denn individuelles Tun ist nicht vorherzusehen.

Deshalb wird die Gesellschaft beobachtet,
wie sie Ereignisse wahrnimmt und betrachtet.
Man versucht aus dem vergangenem Geschehen
ihr künftiges Verhalten besser zu verstehen.

Vorhersagen, auf diese Weise zustande gekommen,
haben leider nur selten Wirklichkeit angenommen.
Die Gesellschaft ist zwar des Menschen Werk,
die Wissenschaft von ihr jedoch ein Zwerg.

Es ist ein Problem von höchster Komplexität,
die fordert, dass alle Wissenschaft zusammengeht.
An erster Stelle stünde hier die Psychologie,
doch mit der vernetzen sich nicht die SOWI.

Könnte es der Ökonomie etwa glücken,
den Graben zwischen beiden zu überbrücken?
Bringt sie doch mit ihrem Gedankengang
Ratio und Gesellschaft in Zusammenhang.

Doch die ökonomische Theorie darauf basiert,
dass der Mensch berechenbar reagiert.
Genau das ist aber nicht der Fall
und deshalb irrt auch sie so viele Mal.

Könnten sich die Wissenschaften aller Klassen
nicht gemeinsam mit der Sache befassen?
Hat die Natur vielleicht Prinzipien im Magazin,
die sie nutzt als stabilisierende Medizin?
Oder man nehme die Evolution unter die Lupe,
ist sie doch für Anpassung eine Fundgrube.

Dann bestünde doch Aussicht mehr zu erschließen
oder lässt Borniertheit wieder einmal grüßen?

2002

Vertrauen in der Gesellschaft

Der Mensch hat den Hang zum Vertrauen,
denn er kann nicht alles durchschauen,
mit dem er umgehen will oder muss.
Es ist unentbehrlich für jeden Entschluss.

Die Informationsflut ist freilich verlockend,
jedoch verläuft jede Selektion eher stockend,
denn es gibt keine Entscheidungsschablonen
für die Güte der zahllosen Informationen.
Die aber sind noch lange nicht Wissen,
weshalb wir mit Unsicherheit leben müssen.

Das ist besonders auf sozialem Gebiet der Fall,
Gewissheit ist dort ein unerreichbares Ideal.
Wüssten wir die Zukunft im Voraus,
kämen wir ohne jedes Vertrauen aus.

Hilfe verspricht die Zunft der Berater,
der man vertraut, wie Kinder dem Vater.
Den Wettlauf mit dem Wissen auch jener verliert,
weshalb die Gesellschaft sich risikobewusst formiert.

Sie kultiviert eine Art rationaler Ignoranz
und vertraut auf eine Kompetenz-Allianz,
die sich auseinandersetzt mit der Kontingenz1
in der Art einer vernetzten Konkurrenz.
Die verwirrenden Komplexität von Wissen
wir mit selektierender Ratio meistern müssen.

Da ist einem Misstrauen das Lob zu singen,
das wir mit Selbstvertrauen einbringen.
Die beiden ermutigen zum kreativen Streiten
zum Erkennen von nützlichen Gemeinsamkeiten.
um die Zufälligkeiten im Weltgeschehen
einigermaßen erträglich zu überstehen.

2001

Gesellschaftstheoretischs

Die Verhaltensgründe der modernen Gesellschaften
gehören auch für große Denker noch zum Rätselhaften.
Zwei Theorien befassen sich diesem Problem,
die eine baut auf Vernunft, die andere auf System.

Habermas vertraut dem hermeneutischen Verstehen,
wo Vernunft und Diskussion zusammengehen.
Auch wenn sich Interessen überschneiden,
lassen sich damit Konflikte eher vermeiden.
Selbst wenn sich eine Gruppe egoistisch benimmt,
die andere nicht gleich auf Vergeltung sinnt.

So viel Edles kommt für Luhmann nicht in Betracht,
auf die Kraft der Vernunft ist er weniger bedacht.
Gesellschaftssysteme sind viel zu kompliziert,
darum werden sie unberechenbar kontrolliert.
Konsens ist ein schlechter Wegbereiter,
Dissens dagegen bringt die Gesellschaft weiter.

In der Lebenswelt findet Habermas dagegen
ein Potenzial für geordnetes Gesellschaftsleben.
Hier sind es Vernunft, Gerechtigkeit und Solidarität,
für die deren Perfektion eine Vorstellung besteht.
Das funktioniert nur dann im Alltagsgeschehen,
wenn die Gesellschaften diese Motive verstehen.

Was sie tun oder was auch sie lassen,
mit Vernunft ist das nicht zu erfassen.
Erst ist BSE die Nummer 1 und dann die Gene,
morgen Arbeitsplätze oder die Terroristenszene,
denn die Gesellschaft ist auf Systemerhalt bedacht
ein Verhalten, dass Vernunft entbehrlich macht.

So haben beide Theorien ihre Schwierigkeiten
das hochkomplexe Gebilde so aufzubereiten.
Die Nebeldecke ist noch nicht gerissen,
es fehlt in diesem Fall an Wissen.

2001

Humanistisches

Die Scholastiker haben darauf beharrt:
die Welt ist fertig und damit erstarrt.
Mit der Renaissance wurde das beendet,
Man hat sich dem Diesseitigen zugewendet.

Es begann die Zeit des Humanismus,
weltlicher Bildung und Protestantismus.
Moral der Antike, kultiviert mit Verstand,
das wurde als humanistisches Ziel benannt.

Heute beginnen wir intensiver zu fragen,
hat das zu mehr Humanität beigetragen?
In der Antike ging es wohl nicht darum,
ging man doch recht grob miteinander um.
Die Zahl der Kriege ist gewaltig gestiegen,
der Humanismus verlor sich im Siegen.

Das Erhabene und Edle wurde gepredigt,
doch die Menschlichkeit weiter beschädigt.
Der Marxismus hat zwar kurz geblüht,
das Paradies noch weit im Jenseits liegt.

Das alles wird seit Längerem bemerkt,
was den Glauben an Vernunft nicht stärkt.
Steht etwa unser Wesen dem entgegen,
weil wir noch das Hordendenken pflegen?

Im kleinen Kreise sind wir doch friedlich,
rücksichtsvoll und meist gemütlich.
Doch in größeren Gesellschaftsgruppen,
sich diese Werte als zu schwach entpuppen.
Dort sucht man Werte im Doktrinären,
um sich als Gesellschaft zu erklären.

Das aber führte zu den schweren Konflikten,
die alles Humane immer wieder erstickten.

2001

Differenzen

Es begann bereits in der Genesis,
mit dem Licht kam auch die Finsternis.
Es entstanden Orient und Okzident,
dann wurde Wasser vom Land getrennt.

Seitdem sind Gegensätze in der Welt,
was uns wortwörtlich auch in Atem hält.
Würden wir im Sommer herumlungern,
müssten wir im Winter verhungern.

Dies und die ständigen Veränderungen
haben zum Nachdenken gezwungen.

Für den Menschen sind Differenzen,
anregend und stimulierend zugleich,
bleiben sie in erträglichen Grenzen
im gesamten Lebensbereich.

Durch Differenzen wird alles deutlich,
sei es dinglich oder sei es geistlich,
denn ohne eine Gegenüberstellung
gibt es keine Erkenntniserhellung.

Ebenfalls bieten sie die Gewähr,
dass die Welt heute anders ist als bisher.
Denn alles ändert sich irgendwann,
glücklich ist, wer sich anpassen kann.

Wir sollten ihn pflegen und lieben,
den Umgang mit Unterschieden!

Bestehen dagegen zwischen Menschen
schwer wiegende Meinungsdifferenzen,
dann gehen die Klugen auseinander,
andere verbeißen sich ineinander.
Die einen setzen auf Einsicht mit der Zeit,
andere sind zunächst noch nicht soweit.

2002

Das Titanic Syndrom

Die Experten wussten es leider zu genau:
Dieses Schiff sei ein vollkommener Bau.
Ein Unglück könne ihm nicht geschehen,
dagegen hätte die Technik alles vorgesehen.
Rettungsboote und Wetterbericht,
wozu? Wir benötigen sie nicht!

Doch der Schock war nicht von langer Dauer,
Fortschritt überwindet jede Trauer.
Das menschliche Wesen verlangt nach mehr,
es geht schon oft mit Unvernunft einher.

Das gehört für die Fortschrittspropheten
zu den unvermeidlichen Kalamitäten.
Größer und schneller soll's trotzdem sein,
und das steht mit der Technik im Verein.

Dazu sind die Ingenieure unentbehrlich,
ihr Schöpfungsdrang wird uns gefährlich,
denn ungebremst von einer Ethik
entwickelt sich ihr Können hochkarätig.
Nicht nur bei Umwelt, Waffen und Genen
stecken wir in ethischen Problemen.

An Ethik-Regeln wird fleißig gearbeitet,
was aber zu keinen Ergebnissen leitet,
denn ungezählte Ethik-Debatten
kamen dem Verhalten nicht zustatten.

Steht hinter einem Ethik-Kodex keine Instanz,
hält ihn die Praxis auf weiter Distanz.
Da läuft nichts ohne Instanz mit einem Format,
welche das Vermögen eines Gesetzgebers hat. -

Oder ist das Vernunftvermögen unzulänglich
und das Syndromauf Dauer unvergänglich?

2001

Angst

Absolute Sicherheit ist uns nicht vergönnt,
weshalb jeder Angstgefühle kennt.
Wir fühlen ein ungewisses Ausgeliefertsein,
unangenehme Ahnungen suchen uns heim.

Die Angst, dass uns niemand mehr beachtet
oder irgend etwas uns zu schaden trachtet,
bringt einen Aktionismus ins Spiel,
nur erreicht man mit dem nicht viel.

Angst ist die Mutter von Motivationen
zu Handlungen, die sich nicht lohnen,
denn im Streben nach Angstfreiheit
gehen wir des öfteren zu weit.

Trotz allem menschlichen Bestreben
werden wir immer in Unsicherheit leben.
Doch die Gesellschaft zeigt sich sensibel,
Unfälle nimmt sie hysterisch übel.
Das Denken wird gelähmt
und die Vernunft vergrämt.

Jetzt müssen wir uns daran erinnern,
dass wir unsere Lebensweise selber zimmern.
Weil wir uns nach Sicherheit sehnen,
müssen wir der Angst den Stachel nehmen.
Betrachten wir besser die Angst als Motiv,
für einen aufbauenden Imperativ.

Der führt uns zu Verborgenem hin,
zu Selbsterkenntnis und zu Neubeginn.
Dabei werden wir uns selbst bewusst,
und erkennen Quellen von Leid und Lust.

Das kann uns zu höherer Reife leiten,
und uns Sicherheit und Ruhe bereiten.

2002

Gut und Böse

Das hat schon immer die Gemüter bewegt:
Wie werden das Gute und das Böse festgelegt?
Dazu hat man sich viel Ethisches ausgedacht,
das aber ist am menschlichen Wollen festgemacht.
Das mag für heute durchaus passen,
auch für unser künftiges Tun und Lassen?

Dem Menschen in seinem Tatendrang
längst nicht immer Gutes entsprang.
Das liegt auch an unserem Unvermögen,
zukünftiges Geschehen sicher festzulegen.
Ein Wert, dem das heutige Sollen entspricht,
verliert vielleicht schon morgen sein Gewicht.

Durch die verursachten Umweltschädigungen
werden wir nun zum Nachdenken gezwungen,
denn weitere Schäden lassen sich nur vermeiden,
wenn wir uns zu neuem Verhalten entscheiden.

Wir dürfen weder Zögern noch kapitulieren,
um Gut und Böse aktuell zu definieren.
Das erfordert ein sorgfältiges Abwägen,
welchen Werten wir den Vorzug geben.
Wenn man Überkommenes dabei erkennt,
dann wirkt das erfrischend und anregend.

Bis wir über eine bessere Methode verfügen,
können und müssen wir uns damit begnügen,
denn Probieren und Irren haben ihr Gutes,
Gut und Böse sind eben nichts Absolutes.
Unterliegt doch alles auf Erden Veränderungen,
wir sind immer zu Anpassungen gezwungen.

2002

Wille zur Macht

Falsches Verstehen hat ihn in Misskredit gebracht,
Nietzsches oft zitierten Willen zur Macht.
Er meint den Willen, der alles bestimmt,
der alles bewirkt und wieder alles nimmt.

Dieses Geheimnis des Lebens sich selbst enthüllt,
in dem es sich durch Selbstüberwindung erfüllt.
Über allen seinen bestimmenden Trieben
muss naturgegebener Wille zur Macht liegen,
denn Leben ist Kampf um Werden und Vergehen
und sein Wille zur Macht nicht vorherzusehen.

Die Weisen sollen Vermittler dieses Willens sein,
lassen sie sich auf das Denken des Seienden ein.
Alles soll sich stimmig zusammenfügen
und somit dem Geist unterliegen.

In solchem Tun liegt Wagnis und Gefahr,
Zarathustra sieht das sonnenklar,
denn wer zwischen gut und böse unterscheidet,
auch unter dem Willen zur Macht leidet.

Werte und was die Menschen noch erfinden,
kann die Zeit in ihrem Wandel überwinden.
Für den Willen zur Macht sich dann ergibt,
dass dieser auf krummen Wegen zieht.

Leben dabei sogar seinen Untergang findet
wenn es ihm gehorchend sich selbst überwindet,
denn den Willen zum Dasein hat es nicht,
der Wille zur Macht hat das höhere Gewicht!

Wer Schöpfer ist im Guten wie im Bösen,
der wird sich auch einmal von Werten lösen.
An Menschenrechte wird dann weniger gedacht,
leicht kommt es dabei zum Missbrauch von Macht.

2002

Entscheidungsfreiheit

Jede Information, von der das Denken angeregt,
wird unvermeidlich von uns ausgelegt.
So entsteht in uns ein Bild der Welt,
das individuelle Elemente enthält.

Im Alltag zwar vieles für sich selber spricht,
nur unsere Einstellung betrifft das nicht:
Was für den einen hinderlich und lästig ist,
wird für den anderen zum tragenden Gerüst.

Das meiste Wissen, von uns aufgenommen,
wird jedoch aus anderen Köpfen kommen.
Dies ist bereits schon einmal ausgelegt,
womit es wieder Individuelles in sich trägt.

Kommt nun die Vernunft ins Spiel,
nützt ihr klare Logik auch nicht viel.
Die kann sich den Werten nicht entziehen,
die in der Welt des Denkenden gediehen.

Ob Kausalität die Auslegung bestimmt?
Diese Frage der Vernunft den Atem nimmt,
denn hier besteht eine hohe Komplexität,
die objektiven Urteilen im Wege steht. -

Die Wissenschaft in allen Ehren,
sie kann eben nicht alles klären.
Solange Emotionen Tun und Lassen prägen,
bleibt doch unendlich Vieles zu erwägen.
Besonders, wenn es um Wollen geht,
unterliegt es wirklich einer Kausalität?

Die volle Wirklichkeit bleibt uns verhüllt
und vermutlich wird das auch so bleiben.
Das Leben wird nur durch uns selbst erfüllt
und dazu müssen wir uns frei entscheiden.

2002

Pro Willensfreiheit

Die Philosophen reden sich die Köpfe heiß,
weil jeder etwas über dieses Thema weis.
Von den Denkern, größer oder kleiner,
weis davon Genaues aber keiner.

Sind wir vorbestimmt oder nicht,
leben wir unter dem Diktat einer Pflicht?
Die Monisten sind überzeugt dafür:
Das Leben sei bestimmt keine Kür.
Andere bestreiten das vehement,
Freiheit sei ein urmenschliches Element.

Bis zum langen Ende dieses Disputes
bin ich indessen guten Mutes.
Wir wissen doch was wir wollen
und schöpfen ständig aus dem Vollen
vom Brunnen unserer Phantasie
und denken nicht an das Woher oder Wie.

Wir schaffen die großartigsten Sachen,
wozu wir uns viele Gedanken machen.
Werden die etwa auf Schienen geführt,
nachdem Kausalität sie aufgespürt?

Alles Geschaffene, sei es mit Hand oder Geist,
mindestens kleine Differenzen aufweist.
Das wäre schon eine sonderbare Kausalität,
die sich derartig in Einzelheiten ergeht.

Die Willensfreiheit ist dazu noch unentbehrlich,
denn die Gesellschaft lebte sonst gefährlich,
weil dann jeder Schelm beteuerte,
dass ihn das Schicksal steuerte.

So sollten wir uns nicht mehr fruchtlos grämen
und sie ganz getrost in Anspruch nehmen.

2002

Kontra Willensfreiheit

Vielleicht werden wir alle bald wissen,
was wir vom Großhirn halten müssen.
Die Neurologen setzen alles daran,
damit sein Wirken erkannt werden kann.

Machen wir uns vielleicht Illusionen
über Eigenschaften, die in ihm wohnen?
Unterscheiden wir uns wirklich von Tieren,
nur weil wir komplexer vegetieren?
Darwin konnte keine Grenze definieren.

Was wäre, wenn die Naturwissenschaft bestätigt,
dass auch das, was uns zum Denken befähigt,
dem Gesetz der Kausalität unterliegt,
also die Komplexität des Hirnes uns trügt?

Entscheidungen beruhten auf Vergangenem,
Geniales löste sich nicht aus Verhangenem.
Nur im Speicher- und Kombinationsvermögen
wären wir dann den Tieren noch überlegen.

Könnten wir dann noch höhere Wesen sein,
die moralisch empfinden, einzig allein?
Ist etwa das Gewissen, kausal bestimmt,
als ein Produkt der Erziehung vom Kind?

Spontaneität, die einem Netzwerk entspringt,
den Geisteswissenschaften Probleme bringt,
denn die Konsequenzen wären ungeheuer,
übernähme Kausalität im Hirn das Steuer.
Vorbei wäre es mit unserer Autonomie,
Willensfreiheit und jeder Philosophie.

Müssten die Religionen dann verkünden:
Nur das Göttliche kann Kausalität überwinden!
Dann bliebe für sie noch weiter alles offen,
und damit Raum für gläubiges Hoffen.

2002

Vernünftig?

Kant hat erstmals die Vernunft kritisiert
und ihre Erkenntnisgrenzen aufgespürt.

Danach bleiben ihr drei Fähigkeiten:
Wissen zu Erkenntnis auszuweiten,
gewissenhaft prüft sie Tun und Lassen,
urteilend kann sie Zweckmäßiges erfassen.

An diesen wunderbaren Eigenschaften
vielfältige Versuchungen haften.
Wir überschätzen unser Vermögen,
wenn sich in uns Wünsche regen.

Wir glauben die Welt genau zu kennen,
obwohl wir so oft in die Irre rennen.
Wir beschwichtigen unser schlechtes Gewissen,
wenn wir meinen unredlich sein zu müssen.
Weil es uns dauernd um Zweckmäßiges geht,
beklagen wir schwindende Lebensqualität.

Wir wollen Freiheit und wissen es nicht,
sie ist nur erträglich, verbunden mit Pflicht.
Eine Gesellschaft, die darüber nicht wacht,
wird einmal vom Egoismus umgebracht.

Auch darin hatte der kluge Kant schon recht:
Ohne Achtung vor Werten geht es uns schlecht.
An Gefühle dachte er leider nicht,
er bevorzugte Vernunft und Pflicht.

Uns aber bestimmen die beiden,
das macht es uns schwer, das Entscheiden!
Hören wir darum auch auf unser Gewissen,
wenn wir uns entscheiden müssen.
Machten wir dies dem Einzelnen plausibel,
dann reagierte die Vernunft sensibel.

2002

Wahrscheinlichkeit

Vieles um uns herum lässt sich nicht erklären,
die Ursache dafür liegt in den fernen Sphären,
die unser Wissen nicht erreicht
und damit sind wir beim Vielleicht.

Der Mensch möchte so gerne alles erfassen
und hat sich gläubig auf Führung verlassen.
»Gott würfelt nicht« sagte Einstein noch
und fiel dabei in ein schwarzes Loch,
denn jüngere, geniale Kollegen
standen mit der Quantenwelt dagegen.

Diese, bis heute nicht widerlegt,
hat umwälzende Ideen freigelegt.
So unterläuft Wahrscheinlichkeit
jede vermeintliche Sicherheit.
Wir wissen jetzt, dass Unbestimmtheiten
alles irdische Geschehen begleiten.

Das gilt für Atome, Kosmos und Evolution,
sowie für das Klima und jede Lebensfunktion.
Allem unterliegt zufälliges Geschehen,
auch wenn wir das nicht gerne sehen.
Es verbirgt sich auch recht hinterlistig
in jeder wissensträchtigen Statistik.

Auch ein Universum, in dem Leben entsteht,
besitzt eine höchst unwahrscheinliche Realität.
Mit der Frage, wie es trotzdem dazu kam,
fangen jetzt die Wissenschaften das Suchen an,
denn ist eine Wahrscheinlichkeit auch noch so klein,
sollte die Ursache des Lebens zu finden sein.

Unsicherheit ist offenbar allgegenwärtig,
offenbar werden wir niemals mit ihr fertig.
Sie lässt sich nur für die vermeiden,
die sich für einen Glauben entscheiden.
Der Rest muss die bittere Pille schlucken
und gegen sein Geschick nicht aufmucken.

2002

Wissen mit Risiko

Über Sachen, die uns interessieren,
wollen wir uns näher informieren,
also uns aus Daten das auswählen,
was wir zum Wissenswerten zählen.

Solche Informationen können trügen
und enthalten sogar manchmal Lügen.
Sie sollen beruhigen, wie ein Opiat
oder geben einen irreführenden Rat.

Längst nicht alles ist gewiss, was informativ,
das macht das Misstrauen im Denken aktiv:
Es wird aber auch dadurch nicht schwinden,
indem wir weitere Informationen finden,
denn Unsicheres auf Ungewisses gebaut,
ist etwas, dem man nicht recht vertraut.

Das Gedächtnis ist begrenzt und knapp die Zeit,
steht etwa kompetente Hilfe zur Entlastung bereit?
Doch die Beraterlotsen wissen es nicht viel besser,
auch sie navigieren in veränderlichem Gewässer.

Jeder, für die es etwas zu entscheiden gibt,
dem Risiko des Wissensmangels unterliegt.
Dessen Denken ihm viel besser nützt,
wenn es sich weniger auf Wissen stützt,
sondern er sich darauf konzentriert,
wie er sich im Wissen orientiert.

Im Vorsprungswissen liegt heute die Macht,
damit wird des Meiste auf den Weg gebracht.
Denn das alles bringt Erfolg im Leben:
Am Gewohnten nicht zu lange kleben,
dafür das jeweils Relevante finden,
um es in flexibles Denken einzubinden.

Sind wir auch gegen Irren nicht gefeit,
verkleinern wir doch seine Wahrscheinlichkeit.
Nur so kommen wir gegen die Infoflut weiter,
das Risiko bleibt aber unser ständiger Begleiter.

2001

Kulturen im Wandel

Kulturen stehen für Gemeinsamkeiten
in gewachsenen Lebensgewohnheiten.
Meist wollen sie nicht missionieren,
sondern nur selbstbewusst existieren.

Sie sind außerordentlich beständig,
das Tagesgeschehen hält sie lebendig.
Mit Verinnerlichung müssen sie sich begnügen,
um Verlockungen anderer nicht zu unterliegen.

Die Evolution ist auch hier am Werke,
Kulturen besitzen nur eine begrenzte Stärke.
Kontakte mit anderen lassen sie nicht unberührt,
was zu autogenen Veränderungen führt.

Steht hinter einer Kultur noch weltliche Macht,
werden andere noch stärker in Bedrängnis gebracht,
denn Macht ist auf Hegemonie gerichtet,
auf Partnerschaft wird grundsätzlich verzichtet.

Beruft sich Macht auf jenseitig Absolutes,
verbindet sich mit ihr nur wenig Gutes,
denn vereinigen sich Glauben und Politik,
kehrt Unfreiheit unweigerlich zurück.

Solange Menschen ihrem Glück nachjagen,
muss jede Kultur Versuchungen ertragen.
Dann kommt es zu einem Härtetest,
ob sie sich davon unterkriegen lässt.
Vermutlich wird sie einmal unterliegen,
ein Ende war bisher noch allen beschieden.

So scheint in jedem Werden und Vergehen
ein universelles Prinzip zu bestehen,
das Darwins Hypothese beschreibt, -
bis sich etwas Überzeugenderes zeigt.

2002

Hermeneutisches

Was auch gesagt wurde oder geschrieben,
es ist selten ohne Auslegung geblieben.
In der Antike wurde das Hermeneutik genannt,
jetzt ist sie als Theorie des Verstehens bekannt.

Sprechen zwei Leute nicht die gleiche Sprache,
wird Verstehen zu einer schwierigen Sache.
Ist einer mit einem Thema nicht vertraut,
ist ihm ein Dialog mit einem Kenner verbaut,
bis sie eine Gemeinsamkeit verbindet,
die in einen fruchtbaren Dialog mündet.

Jedes Verstehen ist auch eine Interpretation,
abhängig von persönlicher Tradition,
was dann in uns zum Verständnis wird
und zu individueller Einsicht führt.

Das Ich tritt damit ins Zentrum vom Denken,
um sich mit dem Sein zu verschränken.
Es mausert sich zu einer Instanz,
fern von jeder autoritären Arroganz.

Dabei verabschiedet sich das Absolute,
das kommt dem Bewusstsein zu Gute,
das nun zu einem hermeneutischen wird,
weil es weis, dass es sich auch einmal irrt.

Hat sich diese Ansicht durchgesetzt,
werden die Verstehensregeln nicht verletzt.
Es bleibt uns alleine überlassen,
was wir für uns als wahr auffassen.

Wir verständigen uns auf Gemeinsamkeiten,
über Unbeweisbares lohnt sich kein Streiten,
denn das hat die Hermeneutik besiegelt:
Wahrheitliche Vielfalt das Dasein beflügelt.

2001

Unvollkommen

Das griechische Ideal vom Menschenbild
war von der Kraft der Vernunft erfüllt.
Nur mit ihr würden wir tugendhaft,
denn sie überwände jede Leidenschaft.

Die Praxis hat das nicht bestätigt,
alle haben sich lustvoll betätigt.
Zu stark sind die menschlichen Schwächen,
an denen gelobte Ideale zerbrechen.

Das war der Webfehler der antiken Kühle,
sie unterschätzte die Kraft der Gefühle,
welche die Denkfähigkeit beeinträchtigen,
wenn Stimmungen sich unserer bemächtigen.

Das gilt keinesfalls nur für die Moral,
Unzulänglichkeiten gibt es überall.
Für Perfektionisten ist das ein Gräuel,
Realisten sehen darin einen Knäuel,
in dem sich Wissen und Können verliert
und der Mensch sich im Handeln verirrt.

Unser Denken besitzt zudem noch Mängel,
weil es im räumlich-zeitlichen Gedrängel
wichtige Randbedingungen übersieht
und damit notwendig falsche Schlüsse zieht.

Es ist eben unserem Schicksal beigegeben,
dass wir immer in Unsicherheit leben.
Solange wir das nicht einsehen,
wird bei uns die Dummheit umgehen.

Gehen wir also behutsam miteinander um
und vermeiden Fundamentalistentum.
Das Wissen um unsere Unvollkommenheit
mache uns zum offenen Dialog bereit.

2002

Kapitel 2 Gesellschaftliches

Zelle ...

Zuerst hat es Molekülverbände gegeben,
danach entstand mit der Zelle das Leben.
In ihr finden alle Lebensprozesse statt,
solange sie nur eine Energiezufuhr hat.

In diesen Prozessen man auf etwas trifft,
das Materielles mit Geistigem verknüpft,
denn es ist die Eigenart der organischen Welt,
dass sie Materie und Geist untrennbar enthält.

Jeder Einzeller muss ja unterscheiden,
um Nichtnahrhaftes zu vermeiden.
Das aber liegt bereits im Kognitiven[1],
die Auswertung des Sensitiven.

Prozesse halten materielle Strukturen stabil
und steuern zuverlässig die Vermehrung.
Sie bewirken auch eine Art von Gefühl,
wirkt auf sie von außen eine Störung.

Die Zelle reagiert danach auf ihre Art,
Also, wie es aktuell ihr ist genehm
über ein hochkomplexes System,
das sie sich im Innersten bewahrt.

Solche Systeme kennt die Mathematik,
hat sie Chaotisch-nichtlineares im Blick.
Dort findet sich auch ein kreatives Element,
wohltemperiert, wie das auch die Zelle kennt.

Sie kämpft nicht, sondern kooperiert,
womit das Leben optimal existiert.

Dabei stoßen wir auf einen weiteren Effekt,
weil sich die Autopoiese[2] dahinter versteckt,
denn das Netzwerk der Selbstorganisation
ist zuständig für Stabilität *und* Evolution.
Wenn Neues entsteht, beginnt es hier,
ebenfalls ein unberechenbares Revier.

2003

[1] Prozess des Wahrnehmens und Erkennens
[2] Selbstorganisation jedes Organismus

... und Gesellschaft

Was für die Zelle, auch für Organismen gilt,
sie sind vom gleichen Lebensprinzip erfüllt.
Das gilt sogar für Gesellschaftsgruppen,
die sich auch als Organismen entpuppen.

Dort erzeugt das Netzwerk der Kommunikation
semantische Strukturen in stetem Strom,
dem Informations- und Ideenflüsse entspringen
und damit Leben in die Gesellschaft bringen.

Auch in ihr herrschen Ordnung und Kreativität,
die besitzen allerdings nur geringere Stabilität,
denn es sind die menschlichen Eigenheiten,
die dem System Probleme bereiten.

In der Natur herrscht symbiotisches Gleichgewicht,
nur der Organismus Gesellschaft beachtet das nicht.
Im Bewusstsein der ihr eigenen Macht
hat sie unmöglich Erscheinendes vollbracht.
Nur vergessen wir immer wieder,
jede Macht liegt einmal danieder.

Mit dieser Art von Gesellschaftskultur
schädigen wir das Ökosystem Natur,
denn wir können sie nicht übersehen,
die Folgen, die aus solchem Tun entstehen.

3 Milliarden Jahre hat die Natur das Leben bewahrt,
erst zweihunderttausend Jahre gibt es unsere Art.
Unser Verstand sollte es jetzt doch wissen,
dass wir mit Macht behutsamer umgehen müssen.

Solange wir das Geld zum höchsten Wert erheben,
gefährden wir mit dessen Macht das Leben.
Bestimmte uns das Symbiotische der Evolution,
dann wäre »ewiges« Leben kein Phantom.

2003

Fürsorgliche Politik

Die Familie, als soziale Urzelle,
sorgte früher alleine für das Materielle.
In ihr hatte man Solidarität gefunden,
aber man war auch an sie gebunden.

Doch dem menschlichen Vorwärtsstreben
standen solche Abhängigkeiten entgegen.
Man wollte dem Zwang der Sippe entrinnen.
um seine Lebensgestaltung selbst zu bestimmen.

Mit dem Wunsch nach sozialer Harmonie
entstand eine gewaltige Sozialmaschinerie.
Die verlangt ständig mehr Fürsorge vom Staat,
was zu Bürgers Entmündigung beigetragen hat.

Nun sind wir von Vorschriften eingeklemmt,
was die Bildung von Gemeinsinn eher hemmt.
Die Familie wird als Bürde empfunden,
wie zunehmende Singlezahlen bekunden.
Zur eigenen Vorsorge man weniger neigt,
dafür die Suche nach Subventionen steigt.

Direkt-Demokratie wird uns nicht zugetraut,
dagegen protestieren die großen Parteien laut.
Dabei gedeiht die Bürokratie immer prächtiger,
der mündige Bürger wird noch ohnmächtiger.

Wenn sie so unser Wohlsein umstricken,
dann werden sie genau dieses erdrücken.

Freiheit ist des Menschen Elixier,
nur wissen das längst nicht alle,
zeigen wir ihnen besser die Tür
aus der fesselnden Fürsorgefalle.

2000

Schutzbefohlene

Auf Erden ist alles von Gefahren bedroht,
doch blieb die Natur dabei immer im Lot,
solange die Menschen im Dunkeln blieben
oder es mit ihrer Macht nicht übertrieben.
Sie konnten ihren Intellekt dazu benützen,
sich vorbeugend gegen Stärkeres zu schützen.

Lange hat Erfolg dem Recht gegeben,
Die Menschheit konnte glänzend überleben.
Heute wird mit diesem Streben übertrieben,
kann es doch das allgemeine Wohlsein trüben.

Arbeitslosen geht es auch deshalb schlecht,
weil den Unternehmer lähmt das Arbeitsrecht.
Man würde ja gerne Arbeit vergeben,
aber doch nicht gleich fürs ganze Leben.

Verliebte vorwiegend männlichen Geschlechts
scheuen Heirat wegen harten Scheidungsrechts.
Dem Richter, der vom Recht gebremst arbeitet,
manch rechtsgeschützter Ganove entgleitet.
So wird die Maus zur Katze
und zeigt dem Kater eine Fratze.

Das ist nicht alles, da gibt es noch viel mehr,
denkt man an Gesundheit, Pflanzen und Verkehr.
Man redet ständig auf uns ein,
soviel Schutz muss einfach sein.
Das geht einher mit Freiheitsverlust,
nur ist das den Wenigsten bewusst.

Jeder Schutz ein kreatives Tun behindert,
und damit notwendig Freiheit mindert.
Wir brauchen beides, Schutz und Wagen,
jetzt könnten wir mehr Freiheit vertragen.

2002

Politkultur

Sind Politiker einmal gewählt,
ihr Eid sie anscheinend weniger quält,
nach dem sie sich nicht immer richten,
obwohl sie sich dem *Staatswohl* verpflichten.

Nach dem Kampf um die Regierungsgewalt
geht es wesentlich um den Machterhalt.
Es ist die Frage oppositioneller List
wie dieser Zustand zu beenden ist.

Was die Regierung auch beschließt,
der Opponent dagegen schießt.
Sachliche Dialoge sind unbekannt,
Populistisches lähmt den Sachverstand.

Der Bürger steht sprachlos daneben,
nur einmal darf er seine Stimme geben.
Dann muss er vier Jahre machtlos zusehen,
wie andere mit seinem Geld umgehen.

Das Volk würde öfter anders entscheiden,
das aber können die Politiker gar nicht leiden.
Denkenden Bürgern könnte es ja gelingen,
Überzeugenderes zustande zu bringen.

Dafür der Medienclan häufig bestimmt,
welche Richtung die Politik nimmt.
Parteien vermeiden mit ihm den Konflikt,
wie es sich gegen Windmühlenflügel schickt.

Sind etwa deshalb so viele müde,
von solcher politischen Attitüde?
Ist sie unvermeidbar, diese Kümmernis?
Geduld, es kommt noch Schlimmeres.

2000

Zur Lage

Das Auf und Ab im Wirtschaftsleben
ist durch das menschliche Wesen vorgegeben.
Es läuft in unregelmäßigen Zyklen ab,
heute fließt das Geld, morgen ist es knapp.

Geht das Vertrauen in die Macher verloren,
wird zwingend eine Depression geboren.
Dann hält jeder mit Investments zurück,
denn dann bringen sie kein Glück.

Doch es gäbe eine wirksame Kraft,
die antizyklischen Ausgleich schafft.
Sie bestünde in einer Wirtschaftspolitik,
die nur auf das Wohl des Ganzen sieht.
Doch je mehr man von Doktrinen schwärmt,
desto weiter ist dieses Ziel von uns entfernt.

Wenn die Wirtschaft leidet, alle leiden müssen,
wer das nicht beachtet, muss es einmal büßen.
Viele Jahre handelten wir inkonsequent,
nun sind sie zu kurz, Decke und Hemd.
Wollen wir uns wieder ordentlich bedecken,
müssen wir uns *zuerst* nach der Decke strecken.

Doch wie bildet sich ein neues Wir-Gefühl?
Diese Frage brachte bisher keiner ins Spiel.
Es muss sich jeder Egoismus reduzieren
und dazu müsste im Kopf etwas passieren.

Macht Schluss mit Privilegien aller Art,
auch wenn es in den Verbänden knarrt.
Die Macher müssen wirklich nur dem Volke dienen,
soll das Pflänzchen des Vertrauens wieder grünen.

Dann erst wäre man vermutlich bereit
zur ehrlichen Suche nach Gerechtigkeit.
Aber so, wie es noch heute läuft,
sich einmal Unheil auf uns häuft.

2002

Die vierte Gewalt

Nach Maximalem streben der Menschen,
setzt man ihnen keinen Grenzen.
Damit das bei den Politikern nicht passiert,
hat man die Gewaltenteilung eingeführt.
Legislative, Exekutive und Gericht
halten sich gegenseitig im Gleichgewicht.

Damit war die Staatsmacht eingeschränkt,
nun wird sie von einer vierte Gewalt bedrängt,
denn die Interessengruppierungen
haben immer mehr Macht errungen.

Im ihrem Drang nach Überlegenheit
manipulieren sie an der Gerechtigkeit.
Wenn Bergleute oder Spediteure schreien,
knicken sie ein, Regierung und Parteien.

Die fünf Prozentschwelle gilt für sie nicht,
kleine Minderheiten gewinnen Übergewicht.
Sogar die sachliche Arbeit von Kommissionen
sie mit faktischem Veto nicht verschonen.

Ihre Funktionäre müssen tätig werden,
um ihren Arbeitsplatz nicht zu gefährden.
Für das Wohl des Ganzen sind sie eine Pest,
die unsere Leistungskraft verkümmern lässt.

So werden Demokratie und Wahl entwertet
und der Wunsch nach Volksentscheid erhärtet,
denn die faktische Gewalt der Verbände
gefährdet bewährte demokratische Wände.

Die Schweizer können direkt mitbestimmen,
und die Lobbyisten weniger Einfluss gewinnen... .
Natürlich geht das bei uns nicht,
zuviel Unbestimmtes dagegen spricht. – Oder?

2002

Einschränkende Prävention

Kommt auch die nächste Flut nicht gleich,
erhöht man trotzdem noch heute den Deich.
Wird derartigem Unheil vorgebeugt,
sind alle von diesem Tun überzeugt.

Solche Prävention erscheint vernünftig,
aber jede Bedrohung ist zukünftig.
Das Befürchtete ist meist noch ungewiss,
kluge Überlegung ist dann ein Erfordernis.

Zuviel von ihr bedeutet Freiheitsverlust,
nur ist das vielen Menschen nicht bewusst.
sie wünschen sich die höchste Sicherheit
in ihren Denken und Handeln weit und breit.

Die menschliche Natur aber braucht das Wagen,
Einschränkung kann ihr durchaus schaden.
Den Stubenvogel aber es in seinen Käfig zieht,
wenn er nur die Katze auf dem Sofa sieht.

Im Kampf gegen unberechenbaren Terrorismus
gerät das Präventive schnell zum Aktionismus,
der demokratische Rechte mehr beschränkt,
als er die Terroristen ernsthaft bedrängt.

Alle Schritte sind behutsam abzuwägen,
um nicht neue Hassgefühle zu erregen.
So trete neben Prävention nach alter Art
eine Neue mit sozialpolitischem Format.

Denn zu der von uns ersehnten Sicherheit
führt nur eine echte globale Gerechtigkeit.
Für eine dazu passende Politik
greife man aufs Grundgesetz zurück.

Präventivkriege aber bleiben ein Willkürakt,
den man besser in der Geschichte verpackt.
Lassoschwingen reicht gewiss für Kühe,
mit Menschen gebe man sich doch mehr Mühe.

2002

Auge um Auge

Die USA würden in künftigen Kriegen
keinem anderen Staat unterliegen.
Sie geben sich als anmaßender Weltpolizist,
bei dem Parteilichkeit öfter im Spiele ist.

Das erzeugt feindliche Stimmung zu Hauff,
unkontrolliertes Handeln nimmt seinen Lauf.
Mit Überheblichkeit wird ein Boden bereitet,
der Fanatiker zu Wahnsinnstaten leitet.

Die gehen menschenverachtend zu Werke,
hilflos erweist sich militärische Stärke.
Verletzbarkeit von Macht wird demonstriert,
die Sympathisantenmasse jubiliert.

Jeder Gegenschlag aus der Luft
ohne die gewünschte Wirkung verpufft.
Eine Invasion in beschuldigte Staaten
könnte zum allgemeinen Desaster geraten.

Der Terrorismus erst ein Ende findet,
wenn das Vormachtdenken verschwindet,
wenn man das Zahn um Zahn Prinzip beendet
und man sich nicht im Hass verschwendet.

Die heute Mächtigen, Juden und Christen,
müssen sich geistig zuerst umrüsten,
die Politik der Ungerechtigkeit beenden
um sich dem Gemeinsamen zuzuwenden.
Dann lassen sich alle die bestrafen,
die noch weiter Unruhe machen.

Fundamentalisten werden das belächeln
und an Krisenherden weiter Feuer fächeln.
Ist dem Wunsch des Menschen nach Frieden
prinzipielle Unerfüllbarkeit beschieden?

2001

Verwundbar

Geld und Technik haben es zuwege gebracht:
Nun ist die Welt uns fast untertänig gemacht.
Das wird von denen, die zu kurz Gekommen
nicht mehr als naturgegeben hingenommen.
Die betrachten jeden Terroristen als Held,
der sich in den Dienst ihrer Sache stellt.

Nun wird die Welt von Sorgen durchwebt,
Amerika sogar in Kriegsstimmung schwebt.
Geschrumpft ist das Gefühl von Sicherheit,
doch glaubt man noch an die Machbarkeit
vom dortigen politischen Willen,
den sie missionarisch verhüllen.

Auch mit gigantischen Waffen in Händen
lassen sich asymmetrische Kriege nicht beenden.
Ihre Macht erscheint zwar unüberwindlich,
aber das Land ist extrem störungsempfindlich.
Es ist sensibel in seinen Abhängigkeiten,
will man den hohem Lebensstandard bestreiten.

Sichtbar würde eine dieser Schwächen,
sollte die Stromversorgung zusammenbrechen.
Dann fiele die Wirtschaft sofort auf die Nase,
aller Fortschritt platzte wie ein Seifenblase.
Sie würden verdursten und erfrieren,
denn keine Pumpe würde mehr funktionieren.

Schon die Ägypter verloren nach sieben Plagen
ihr altgewohntes uneingeschränktes Sagen.
Göttlicher Terror hat sie überraschend getroffen,
verschlossene Grenzen wurden danach offen.

Die Historiker haben es längst herausgefunden,
auch mächtigste Systeme wurden überwunden.
Aber solche Fakten wollen Mächtige nicht wissen,
emotionaler Scheinvernunft folgen sie beflissen.

Mit Vernunft hat die Gesellschaft wenig in Sinn,
um diese Feststellung kommt man nicht umhin.
So wird die Gesellschaft sich weiter selbst betrügen
und Sozialsysteme einem sicheren Verfall unterliegen.

2000

Vorschriften für Kriege?

Vor jedem Versuch, den Krieg zu regulieren,
musste man noch immer kapitulieren,
denn Krieg folgt seinen eigenen Gesetzen
und zerreist dabei Paragraphen in Fetzen.

Mit dem Einsatz von Waffen
sich gewaltsam Vorteile verschaffen. -
Dieser Versuchung Menschen erliegen,
wenn sie überzeugt sind zu siegen.

Die Feinde wollen einander vernichten
und werden auf kein Mittel verzichten,
das ihnen einen Sieg verspricht,
denn den Sieger verurteilt man nicht.

Kriegsverbrecher-Prozesse sind eine Sache,
von einer späten, subtilen Rache.
Sie werden nur vom Sieger geführt
und niemals von dem, der verliert.

Man muss sich eindeutig entscheiden,
jeden, aber auch jeden Krieg zu vermeiden.
Nur, trotz vielfältiger Bemühungen,
ist auch das bisher nicht gelungen.

Hat man sich wirklich ernsthaft darum bemüht?
So, wie man gegen Krankheit zu Felde zieht,
so, wie man uns vor Unbilden schützt,
weil man den Willen dazu besitzt?

Hier liegt für mich des Pudels Kern:
Über Frieden sprechen sie oft und gern,
dann investieren sie in neue Waffen,
um damit ihren Frieden zu schaffen.

2000

Endlose Sühne?

Tut mir eine Tat oder ein Wort leid,
dann ist es für Wiedergutmachen Zeit.
Sollte das nicht mehr möglich sein,
bin ich mit meiner Reue allein.
Gläubige müssen darüber nicht stöhnen,
die Kirche kann sie mit Gott versöhnen.

Muss ich bereuen, was mein Vater getan?
Oder bin ich mit Sippenhaft dran?
Für jeden Staat regelt das ein Gesetz,
aber nicht im interstaatlichen Netz.
Hier hat Nützlichkeit Priorität,
Moral und Recht in deren Schatten steht.

Aktuell geworden sind diese Fragen,
denn für Taten aus vergangenen Tagen
werden jetzt Ansprüche vorgetragen,
die lange im Verborgenen lagen.

So verlangen heute die Indianer
tätige Reue vom Amerikaner.
Sollen die etwa ähnlich so verfahren,
die früher in Ostpreußen waren?

In solchen Fällen ist das Recht nie absolut,
was früher böse war, ist heutzutage gut. -
Opportunismus liegt uns eben im Blut.
Was einst geachtet war als hoch und her,
ist heute schlecht und schuldenschwer.

Wollten wir dauernden Frieden auf Erden,
müssten Schlussstriche gezogen werden.
Dazu mangelt es meist an Einsicht und Willen,
vielleicht kann sich wenigstens das erfüllen:
Die Fehler der Vergangenheit nicht vergessen,
aber auch die Kindeskinder nicht erpressen.

2000

Gleichheit, Freiheit und Recht

Diese Werte sind in dauerndem Gebrauch,
in Polit-Programmen finden wir sie auch.
Dort in einem System zusammengefügt,
stehen sie im gegenseitigem Konflikt.

Gleichheit trifft man selten in der Welt,
der Mensch für sich sie als Ideal hinstellt,
aber was man auch immer erwägt,
Gleichheit sich mit Freiheit nicht verträgt.

Wollten wir die Gleichheit aller erzwingen,
würde das den Verlust von Freiheit bedingen.
Alles Individuelle würde im Keim erstickt
und freie Entfaltung weitgehend unterdrückt.

Mit Freiheit kämen wir auch schlecht zurecht,
mit ihr verdürbe das Menschengeschlecht.
Will es sich im Streiten nicht verschwenden,
muss es Konflikte rechtlich zu beenden.

So wird die Freiheit wieder eingeschränkt,
wenn meine Freiheit die der anderen beengt.
Deshalb ist mit ihr behutsam umzugehen,
von der Gedankenfreiheit einmal abgesehen.

Nur das Recht ist für uns alle gleich.-
Leider ist auch diese Rede weich.
Ich stelle fest, ganz weich und lind,
daß einige ein bisschen gleicher sind.

Werte, jeder für sich überzeugend und schön,
können miteinander im Widerspruch stehen.
Wer diese drei in Harmonie zusammenführte,
wäre ein Genie, dem höchstes Lob gebührte.

Seit Plato ist solches Bemühen im Gange. -
Vermutlich warten wir noch lange,
bis einmal eine Synthese gelingt,
welche diese drei zusammenbringt.

2000

Verfassungen

Sie sollen Staat und Bürger schützen,
damit beide die Sicherheit besitzen,
um sich ohne Angst entfalten zu können
und trotzdem jedem das Seine zu gönnen.

Platon war das wohl nicht so klar,
er nahm nur das Staatswohl wahr.
Er selber nannte es Utopie,
verwirklicht wurde sie nie.

Im Streben nach einem Gleichgewicht
sah Aristoteles eine weise Pflicht.
In Rom wurde das später umgesetzt,
das Rechtliche war dort hoch geschätzt.

Unter den mittelalterlichen Sitten
haben die Bürger lange gelitten.
Montesquieu dachte zur rechten Zeit
an Gleichheit, Freiheit und Brüderlichkeit.
Die Selbstherrlichkeit des Absoluten
war dem Volke nicht mehr zuzumuten.

Damals war es die Staatsgewalt,
die es für Gerechtigkeit zu teilen galt.
Parlament, Verwaltung und Gerichte
machten das Gottesgnadentum zunichte.

Das brachte vieles zum Blühen. -
Nun müssen wir uns bemühen,
eine hegemoniefreie Welt zu gründen,
wollen wir weltweiten Frieden finden.

Ohne Weltverfassung geht das wohl nicht,
doch wer steht hinter dem Verfassungsgericht?
Das ist leicht gesprochen und schwer getan,
nur in vielen Schritten kommt man da heran.
Oder wird, wie seinerzeit geschehen,
erst in Not eine harte Lösung entstehen?

2001

Verklebt

Drei Funktionen finden sich in jedem Staat,
der eine demokratische Verfassung hat:
Gesetze machen, den Staat verwalten
und die Rechtsprechung gestalten.

Sie sollten unabhängig voneinander sein,
doch sie wirken aber trotzdem aufeinander ein:
Gleich welche Partei das Staatsruder hält,
sie ihr genehme Personalentscheidungen fällt.

Sogar die Medienmacht, die nicht vereidigt,
ist an diesem Regierungs-System beteiligt.
Dessen Freiheit wird noch weiter eingeschränkt,
weil jede Lobby es in eigener Sache bedrängt.

Da wird gekungelt und gespendet,
was schon einmal in Skandalen endet.
Dagegen könnte man sich am besten wehren,
würde man inkorrektes Handeln erschweren.

Ich denke an die Amtszeit der Regierenden
und die von allen Kassenführenden:
Sie sollte zweimal vier Jahre nicht überschreiten,
um Amigo-Kontakte nicht auszuweiten.
Kein Staatsvermögen mehr in Unternehmen,
die für verdeckte Spenden in Frage kämen.

Was der Rechnungshof beanstandet,
in den Ämtern zu schnell versandet.
Sind dort die Fäden etwa so fest verwebt,
dass man sagen könnte, sie seien verklebt?

Auch ab und zu mehr Demokratie direkt
führte zu einem Entkrustungseffekt.
Bestimmte der Dienst am Lande alle Politik,
dann würde es stiller um die Parteienkritik.

2000

Bestimmende Minderheiten

»Die gibt es nicht in einer Demokratie«,
wer das sagt, der täuscht sich, aber wie!
Es besteht eine problematische Melange
zwischen Demokratie und Carte blanche,
denn im Alltag nur wenige bestimmen,
was gut ist für Bürger und Bürgerinnen.

Eine Bürgergesellschaft wird zwar angeregt,
wird sie aber aktiv, an die Kette gelegt.
Die Minderheit will ungestört regieren,
der inkompetente Bürger soll parieren,
denn meist sei die Sache so verzwickt,
dass sie dieser nicht mehr durchblickt.

Das Volk hat die Personen gewählt,
Programme haben dabei weniger gezählt.
Die kommen nach der Wahl zum Tragen,
und dann hat das Volk nichts mehr zu sagen.

Sie regieren für jeweils vier Jahre
und werden nur von Lobbyisten gestört.
Dabei wird Macht zur verderblichen Ware,
nur auf den Bürger wird nicht gehört.

Entscheidungen fallen im kleinen Kreise,
zuweilen in unverständlicher Weise.
Den Bürger trifft es aber immer voll:
Er hat keine Wahl, er muss und er soll.

Nun ist das häufig nicht so schlecht,
mir aber geht es hier um das Recht
ein Volksbegehren zu verlangen,
wollen sie Unverständliches anfangen.

Sicher, hinter einer Demokratie direkt
sich manch Nachteiliges versteckt.
Doch des Bürgers Macht erreicht einen Zenit
und sein Demokratieverständnis wächst mit.

2000

Machterhalt

Die Parteien-Demokratie, einst hoch gepriesen,
verwickelt sich in selbst gemachten Krisen.
Die Parteien, eigentlich dem Volk verpflichtet,
haben sich auf Machterhaltung eingerichtet.

Sie sind im Kampf ineinander verbissen,
jede Eingabe wird grundsätzlich verrissen.
Zustimmung würde ja Schwäche zeigen,
und das Ansehen des Gegners könnte steigen.

Dem allgemeinen Wohl wird es nicht dienen,
wenn Parteien nur auf Machterhalt sinnen.
Dann wünscht man sich die große Koalition,
aber auch deren Probleme kennen wir schon.

Solcher Proporz hat gefährliche Tücken,
denn alles mit Kompromissen überbrücken,
lässt Gewebe schließlich in Filz entarten
und Amiego-Strukturen erwarten.

Den Bürger, der das nicht ertragen kann,
zieht bald eine dritte Partei in ihren Bann,
die sich die Schwächen einer zunutze macht,
worauf die große Koalition zusammenkracht.
Dann hat es der Mehrheitsbeschaffer geschafft,
nun ist er (fast) die gesetzgebende Kraft.

Ist ein System auf zwei Parteien gebaut,
jede Partei auf ihr Eigen-Gewicht vertraut.
Sie kann sich am besten frei entfalten
und ihre Politik eigenständig gestalten.

Das klingt so schön, ist aber nicht wahr,
denn jede Lobby macht es sonnenklar,
dass man ihren Interessen zu folgen hat,
sonst setze man ein Teilsystem matt.

Schlimm ist solche Interessen-Demokratie,
mit ihrer Besitzstands-Förderungs-Manie.
Ab und zu das Volk direkt befragen,
würde unserem Staat gewiss nicht schaden.

2000

Bildung vs. Ausbildung

Bildung vermittelt Eigenschaften,
die an ausgeglichenen Menschen haften:

Sie wissen um den Wert von Takt und Sitte
und um die ausgleichende Kraft der Mitte.
Form verbinden sie mit seelischem Gehalt,
Reife mit Wissen in vielseitiger Gestalt.
Sie sind sich ihrer Grenzen bewusst,
haben nicht schon alles vorher gewusst.

Der Wunsch nach solcher Bildung ist fast tot,
mehr wissen ist heute das oberste Gebot!
Damit seien wir wirtschaftlich überlegen,
das Menschliche sollen andere pflegen.

Wenn wir dabei übereifrig sind,
stecken wir im Wissenslabyrinth
Der *Umgang* mit wachsendem Wissen,
ist das, was wir bewältigen müssen.

Wer sich nur Wissen einverleibt,
dem kein Sinn für Umgreifendes bleibt.
Statt zuviel Wissen im Kopf zu verstauen,
sollte er seinem Denkvermögen vertrauen.

Deshalb gilt es, dieses aufzubauen
um das Wissenschaos zu durchschauen.
Schnell ändert sich des Wissens Rang,
doch Bildung wirkt in uns ein Leben lang.

Wurde die erst einmal eingeprägt,
ist für Ausbildung ein Fundament gelegt.
Dann wird tiefes Wissen auf begrenztem Gebiet
nicht mehr von Überheblichkeit getrübt,
sondern steht zum Dienst am Menschen bereit,
ohne Hypotheken für künftige Zeit.

2001

Artgerecht

Jetzt sind die Menschen endlich aufgewacht,
nun wird Schluss mit alter Schlamperei gemacht,
denn ein Berg kreißt wieder einmal,
gebiert aber nur Mäuschen in kleiner Zahl.

Wir machen doch sonst alles so fein,
auch BSE muss doch zu beherrschen sein!
Dabei ist das nur eine kleine Indiz,
ein Symptom für menschlichen Aberwitz.

Fleisch wird rationell wie Autos hergestellt,
wichtig ist , dass man die Kosten niedrig hält.
Den Tieren wird dabei Gewalt angetan,
vitalisierende Kräfte leichtfertig vertan.

Nutztiere vegetieren in engen Ställen,
gemästet mit Kraftfutter aus Abfällen,
also aus Resten von anderen Tieren
mit denen wir das Unheil importieren.

Sie kennen keine Weide , werden leicht krank,
dagegen helfen Arzneien, Gott sei Dank.
Eine Weile läuft das alles ganz gut, -
und geht, viele überraschend, kaputt.

Dann sucht man bei Symptomen die Schuld,
für grundlegenden Wandel fehlt die Geduld.
Ein rettendes, artgerechtes Biosystem
ist politisch nicht machbar zu alledem.
Aber was man heute oberflächlich repariert,
später zu noch größeren Problemen führt.

Noch ist es still um Boden, Luft und Wasser,
auch die schädigen wir, nur erheblich krasser.
Statt Vorbeugen wird hoffendes Warten geübt,
sogar dann, wenn sich Lebenserhaltendes trübt.

2000

Aktionismus

Bekannt ist diese Reaktion
im Film, die Küche brennt dann schon,
wenn Frau schreit leichenblass:
»Detlev, tu doch endlich was!«

Dann ist es meistens zu spät,
die Wohnung in Flammen steht.
Vorbeugend an die Brandgefahr gedacht,
hätte sich das Feuer wohl nicht entfacht.

Ein Politiker sich oft wie Detlev verhält,
wenn das Volk ihm unbequeme Fragen stellt:
Bei Gefahren erst einmal beschwichtigen,
statt die Sache sofort zu berichtigen
oder Wahrheiten zunächst unterdrücken,
um sie später in Scheibchen herauszurücken.

Doch einmal ist der Umschlagpunkt gekommen,
dann wird etwas aktionistisch unternommen.
Jetzt steht man auf Seiten der Mahner,
nun wird die Sache bedeutsamer.

Jetzt wird alles an einer Ursache festgemacht,
und nicht weiter darüber nachgedacht.
Mit Aktionismus wird wieder beschwichtigt,
wird aber der Fehler wirklich berichtigt?

An andere Missstände ist man so gewöhnt,
dass sich keiner nach Aktionen sehnt:
Betrachten wir doch einmal den Tabak,
der hat für viele einen üblen Beigeschmack.
Trotzdem darf man für ihn werben,
obwohl täglich 300 Raucher daran sterben.

Aktionismus sollte uns nicht blenden,
damit lässt sich selten etwas wenden.
Früh krümmt sich, was ein Haken werden will,
jedoch um diese alte Weisheit bleibt es still.

2001

Kinderlosigkeit

Ein Staat muss sich ständig verjüngen,
soll seine Totenglocke nicht erklingen.
Davon ist in Deutschland jetzt bedroht:
Einst gewollte Beschränkung wird zur Not.

Viele Paare könnten zwar Kinder kriegen,
jedoch der Selbstverwirklichung erliegen.
Das ist der existenzielle Lebensstil,
der verleitet zu egoistischem Gefühl.

Kinder scheinen dem entgegen zu stehen,
die Folgen sind nun schmerzlich abzusehen.
Die Familie kommt erst nach dem Geld,
das man oft zu spät in Händen hält.

Den Mächtigen war das ziemlich egal,
jetzt droht uns allen der Rentenverfall.
Ausländische Fachkräfte müssen her,
denn ihre Ausbildung kostet nichts mehr!

In kurzsichtiger Denkungsart
wird an der falschen Stelle gespart.
Um die Steuerzahler von übermorgen
macht man sich nur wenig Sorgen.
Steuerfrei ist nur das Arbeitszimmer,
für Kinder gilt das nie und nimmer.

Intakte Familie heißt intakter Staat,
in dem man Gefühl für Gemeinsames hat.
Dann verlieren Egoismen ihren hohen Rang,
Gemeinsamkeit verbindet uns ein Leben lang.

Mit Geld ist eben nicht alles zu machen,
mit Weitsicht gelingen die großen Sachen.
Wer hier in Legislaturperioden denkt,
viel von tragfähiger Zukunft verschenkt.

2001

Seuchen

Sie waren einmal die Strafe des Herrn,
für Menschen, die nicht auf ihn hör'n.
Mit Bußen und Wallfahrtsversprechen
hoffte man ihre Macht zu brechen.

Nun kennen wir die Ursachen von einigen,
doch werden sie uns noch weiter peinigen,
denn die Mittel gegen Mikroben und Viren
mit der Zeit ihre Wirkung verlieren.

Die wollen sich doch nicht töten lassen
und werden sich evolutionär anpassen.
So geht es dann in eine neue Runde,
nie schlägt ihrer Art die letzte Stunde.

Die 500 Millionen Reisenden pro Jahr
vergrößern die Ausbreitungsgefahr.
Manche Seuche ist hausgemacht
Man hat zu viel an den Nutzen gedacht.

Jetzt sind wir von variablen Viren bedroht,
wehrlos gegen einen unheimlichen Tod.
Wir haben eben die Natur zu oft gestört
und auf ihre Warnsignale nicht gehört.

Unsere Lebensweise schwächt das Immunsystem,
zuviel Gift macht das Leben schön und bequem.
Stress und Sorgen nagen ebenfalls an ihm,
aber mit Pillen kriegen wir das wieder hin.

Nur wenn wir das als Unrecht empfinden,
werden wir vielleicht geeignete Wege finden,
um mit der Natur Frieden zu schließen,
und das Leben ohne Seuchen zu genießen.

2000

Technik Akzeptanz

Die der Technik eigenen Verlockungen
provozieren umfangreiche Äußerungen:
Nahezu jeder macht Gebrauch von ihr,
für viele bleibt sie ein fremdes Revier.

Die meisten kennen sie nur mangelhaft,
was im Menschen viel Misstrauen schafft.
Dabei hat sie uns den Wohlstand beschert,
von dem unsere Gesellschaft heute zehrt.

Körperliche Arbeit, verschleißend und schwer,
gibt es dank der Maschinen kaum mehr.
Wir würden hungern ohne etwas Chemie,
und Reisen ist sicher und billig wie nie.

Aber die Technik wächst progressiv,
weshalb sie schon öfter ins Abseits lief,
denn im Drang alles besser zu machen,
kann sie enormen Ärger verursachen.

Autos werden immer zahlreicher und schneller.
Resourcen und Ökologie rutschen in den Keller.
Computer erschließen die private Sphäre,
kommen unserem Menschsein in die Quere.
Man denke nur an die Abhörmaschinen,
die zweifelhaften Zwecken dienen.

An sich ist jede Technik neutral,
missbraucht wirkt sie schnell fatal.
Unsere Welt wäre durch sie vernichtbar,
darum ist eine Kontrolle unverzichtbar.

Wir müssen uns eben mehr um sie bemühen,
wollen wir weiter Vorteile aus ihr ziehen.
Wenn Politiker, Lehrer und Journalisten
mehr Substanzielles von ihrem Wesen wüssten,
könnten sie sachlicher mit ihr umgehen
und Übertreibungen konstruktiv widerstehen.

1999

Selbstgerecht

Die USA haben ein eigenes Kulturverständnis
und von anderen Kulturen nur geringe Kenntnis.
Sie wollen von allen anderen unabhängig sein,
denn der Starke ist am mächtigsten allein.

Wer ihnen folgt, der ist ihr Freund,
echte Partnerschaft wird aber verneint.
Mal war einer Freund und später Feind,
denn immer waren nur Interessen gemeint.

Sie wollen allem ihren Stempel aufdrücken
und die Urform allerbester Lebensweise sein,
viele Menschen darin Aggression erblicken
und stellen sich auf Widerstand ein.

Einsicht und Umkehr wären jetzt richtig,
denn die Gründe dafür sind gewichtig.
Soziale Ungerechtigkeit und wilder Kapitalismus
erzeugen Hass und tödlichem Extremismus.
Sollen die bestehenden Wunden heilen,
müssen sich die USA mit Umdenken beeilen.

Die heutige Politik bereitet vielen Sorgen,
denn sie führt in die Katastrophe von morgen.
Ihr Präsident weis es aber besser
und wetzt im Zorne seine Messer.

Dabei sollten die selbstgerechten USA erkennen,
dass auch sie an Wände stoßen können.
Hier geht es im Umgang mit Internationalem
um die Überwindung von Grenzen im Mentalen.

Das erinnert an die altgriechischen Utopien,
die sich auf das ausgewogene Maß beziehen,
das sich zwischen zwei Extremen findet
und Gegensätze überwindet.

2002

Interkulturelles

Da hat man einen Begriff geprägt,
der momentan an vielen Nerven sägt.
Dabei handelt es sich diesmal nur
um den flachen Begriff der Leitkultur.

Im Duden ist er nicht zu finden,
also lässt sich vieles an ihn binden.
Mit dem Worte deutsch verbunden,
wird er als anmaßend empfunden.

Eine Identität gehört zu jedem Staat,
besitzt er keine, sucht er bis er eine hat.
Gemeinsames ist eine wichtige Sache:
Recht, Historie, Kultur und Sprache.

Will man eine Gemeinschaft erhalten,
muss man sie wertbewusst gestalten.
Dann achtet sie Tradition und ist offen,
auf weitere Impulse darf man dann hoffen.

.

Wer zu uns kommt, soll sich bemühen
mit uns in die gleiche Richtung zu ziehen.
Das Grundgesetz sei das Umfassende,
das für alle verpflichtend Passende.

Wenn wir so gemeinsam weiterschreiten,
wird friedliches Wohlergehen alle begleiten.
Dann bereichern Ausländer unser Land,
haben sie das alles nur anerkannt
und sprechen auch unsere Sprache,
als Grundlage für eine gemeinsame Sache.

Allerdings ist aggressives Missionieren
in keiner Kulturgemeinschaft zu tolerieren.
Dann gibt es auch nichts zu streiten,
ob und wie wir jemand kulturell anleiten,

2000

Vom Kopftuch

Frauen, welche ihre Wohnung putzen,
wollen ihre Haare nicht beschmutzen.
Dafür haben sich Kopftücher bewährt,
über die sich noch keiner beschwert.

Die Moslemfrau ganz anderes bezweckt,
wenn sie ihr Haar mit ihm bedeckt,
denn aus der Sicht von den Muslimen
gehört es zur Sphäre des Intimen.
Sie gibt sich damit eine Immunität
gegen männliche Aggressivität.

Für den Westler ist es ein Kultursymbol,
sieht er es, befällt ihn ein gewisser Groll,
weil sich in ihm ein Verdacht erhebt,
zum Anpassen sei man nicht aufgelegt.

Am Kopftuch wird das für viele festgemacht,
an eingliedern wird von denen nicht gedacht.
Die Lebensweisen seien so verschieden,
dass gefährde den sozialen Frieden.

Hier wächst ein Problem heran,
das man nicht übergehen kann.
Dieses Problem löst nur Geduld
und nicht die Zuweisung von Schuld.

Nur mit wechselseitigen kleinen Schritten
kommen wir uns näher als mit Tritten.
Doch damit sollten sie endlich brechen:
Mit ihrer Abneigung deutsch zu sprechen.

Mit Freundlichkeit lässt sich vieles lösen,
mit Gewalt entwickelt sich alles zum Bösen.
Gehen wir klug mit dem Fremdem um,
alles andre wäre schlicht und einfach dumm.

2000

Völkergemeinschaft

Alle Völker wünschen sich dauernden Frieden,
in Diktaturen ist ihnen das nicht beschieden.
Werden sie aber demokratisch regiert,
ist die Kriegsgefahr für sie reduziert.

Für die notwendig kommenden Reformen
braucht die Welt demokratische Normen,
die als unverzichtbare Prämissen
auch zwischen den Nationen gelten müssen.

Sie sind ein erprobtes Mittel gegen Übermacht,
viel Unrecht wurde damit zu Fall gebracht.
Die Großmächtigen wehren sich noch dagegen,
doch diese Haltung sollten sie bald aufgeben.

Zunehmend von globalen Problemen betroffen
werden bislang schützende Staatsgrenzen offen.
Das betrifft ebenso Umweltprobleme,
wie Gesellschafts- und Wirtschaftssysteme.

Über Nutzen und notwendige Plage,
überhaupt in jeder kritischen Lage,
muss die UN endlich demokratisch entscheiden,
soll Frieden auf Erden uns erhalten bleiben.

Das Wissen von gegenseitiger Abhängigkeit
erleichtert Opfer und fördert Zusammenarbeit.
Die Trennung von Kirche und Staat
sich überall durchzusetzen hat,
denn dem Glauben ist Fundamentales inhärent,
in der Politik sei Ratio das bessere Fundament.

Kleinere Ansätze sind zwar in Sicht,
aber die langen bei weitem nicht.
Auch werden Menschen nicht säumen,
weiter von ewiger Macht zu träumen.
Materielle Macht und Weisheit trennen Welten,
darum ist permanenter Erfolg so selten.

2002

Lebensweisen

Unsere abendländischen Kulturen
hinterließen weltweit Spuren,
die häufig als schmerzhafte Wunden
von den Anderen wurden empfunden.

Wir haben andere Völker unterjocht,
noch heute mancher darauf pocht,
daß unsere Kultur am weitesten führe
und deshalb ihr der erste Rang gebühre.

Nur unsere Werte sind erstrebenswert,
wird gegenüber anderen Kulturen erklärt.
Ich staune nur über solche Unwissenheit
beruhend auf unbegründeter Selbstsicherheit.

Erreicht etwa bei uns jeder sein Glück?
Da bleiben doch hier zu viele zurück.
Woanders hat das Geld geringere Priorität
auch dort das Leben vieler glücklich gerät.

Dort sind Familie und Tradition noch intakt,
auch ist Konsens bei denen mehr gefragt.
Die alten Werte werden so länger bewahrt,
ein Beitrag zur Erhaltung der Lebensart.

Wir sprechen von einem Wechsel der Werte,
als ob dies unser Glück vermehrte.
Das gehört erst besser durchdacht
und nicht leichtfertig in Umlauf gebracht.

Die Kinder lernen Wissen und kaum Ethik,
Egoismus, Gewalt und Süchte steigen stetig,
wir ringen mit den Problemen der Wendezeit. -
Alles Gründe für Überheblichkeit?

Laßt doch die anderen Länder in Ruhe,
uns quälen zu viele drückende Schuhe.
Warum sollten wir unsere Lebensweisen
als alleine selig machend preisen ?

1997

Kulturverfall

Die Art, wie wir unser Leben gestalten,
wie wir Vergangenes im Kopf behalten,
wie wir neuem gegenüber stehen,
das alles nennen wir Kulturgeschehen.

Kultur und kollektiver Gemütszustand
bilden einen unlösbaren Verband.
Kultur als Seele jeder Gemeinschaft
belebt und trägt sie dauerhaft.
Wenn sie nur lange genug besteht,
bildet sich eine verbindende Identität.

Wird diese zerstört oder in Frage gestellt,
zumindest ein Teil der Kultur verfällt.
Die kulturelle Landschaft wird verkahlen,
damit entsteht ein Hang zum Banalen.

Mit der Identität verliert sich die Orientierung,
Lebensart und Sprache wuchern ohne Führung.
Egoismus pflegt dann die ihm eigenen Werte,
für Gemeinsamkeit genau das verkehrte.

Der Gelderwerb tritt in den Vordergrund,
moralisches Empfinden geht vor den Hund.
Das Gleiche gilt für Bildung und Lebensstil,
anspruchvolles Niveau steht auf dem Spiel.

Künstler versuchen das auszudrücken,
was sie hinter Phänomenen erblicken:
Sie lassen uns in einen Spiegel schauen,
dessen warnendem Bild wir misstrauen.

Solange wir uns als Krämer verstehen,
und uns Werte wie Steuersparen bestimmen,
dafür Moralisches aufgeben oder verdrehen,
werden wir keine kulturelle Identität gewinnen.

2001

Vertrauensschwund

Ohne Vertrauen könnten wir nicht existieren,
aber Betrüger werden es trotzdem riskieren
es schamlos zu missbrauchen
und dann versuchen abzutauchen.

Die Erwischten werden bestraft,
und kommen prompt in Haft.
Dem kleinen Mann erscheint das klar,
ist aber für die Mächtigen nicht wahr.

Es geht um Zusagen und Versprechen,
die Politiker des öfteren brechen.
Die wirft das nur selten aus dem Gleis,
dafür bezahlt das Volk den Preis.
Das geht mit Loyalitätsverslust einher,
meistens lautlos, jedoch folgenschwer.

Dazu kommen diverse Skandale,
beim heimlichen Regieren viele Male:
Fakten werden schlicht unterdrückt,
nur ab und zu man ihnen am Zeuge flickt.

Ob BSE oder Medizin an gesunde Tiere,
schwarzes Geld oder Lobbyschmiere,
immer hoffen sie auf schnelles Vergessen,
haben Skandalöses erfolgreich ausgesessen.

Aber das haben Politiker auch geschafft,
des Volkes Vertrauen verliert an Kraft.
Die Achtung vor ihnen wird zerstört,
wenn man von ihren Untaten hört,
wie sie Steuergeld verschwenden
oder für Machterhalt verwenden.

Die Parteien ihre Selbstreinigung versäumen,
müssen wir weiter von Lauterkeit träumen?

2000

Quoten

Sie sind die Entscheidungsgrundlage
für die programmatische Frage
in der Politik und Medienwelt,
wie man Macht und Einfluss erhält.

Wer die jeweils höchsten erringt,
dessen Kasse am lautesten klingt.
Aber Qualität ist mit Quoten
so gut wie gar nicht auszuloten.

Druckmedien, der Masse angeboten,
erzielen stets die höchsten Quoten.
Im Funk senden Schlaue für Dumme
Seichtes im Hinblick auf die Quotensumme.
Mit Klatsch und aufgemotzten Sensationen
Liefern sie Gesprächsstoff für Millionen.

Wahlen sind auch eine Art von Quotenfang,
dabei ist Inhaltliches weniger von Belang.
Unrealistisches wird laut versprochen,
und dafür später systemgerecht gebrochen.

Von den vielen, die man so verlockt,
ist kaum einer nachhaltig geschockt.
So entstehen »Werte«, die keine sind,
aber sie machen für wahre Werte blind.

Hier wird eine Leitkultur gepflegt,
die leider keinen Meinungsmacher erregt.
Nun, die leben alle von hohen Quoten,
und handeln, als wären wir Idioten.

Vermutlich die Meisten an dieses denken:
Dumme lassen sich viel leichter lenken,
wenn man ihnen Mündigkeit testiert –
und sie gleich darauf manipuliert.

2000

Moralisches

Lange gab es Herrscher und Untertanen,
beider Leben verlief in festen Bahnen.
Die einen beriefen sich auf Gottes Gnaden,
dem Volk wurden die Kosten aufgeladen.

Die Oberen legten Moral und Werte fest,
nach Maßstäben, über die sich streiten lässt,
denn Moral ist kein Produkt der Natur,
sondern entwickelt sich in jeder Kultur.

Moralische Vorstellungen sind nie absolut
und sind meist nur für eine Seite gut.
Demut und Fleiß werden von der Seite verlangt,
die dafür mit Rücksichtslosigkeit dankt.
Moral wird dann zum Kriterium von Macht
und ist auch deshalb niemals dauerhaft.

Irgendwann in diesem bösen Spiel
wird es dem Volk einmal zuviel.
Mit Ressentiment und Protest
es seinen Unmut spüren lässt.
Hoffnungslos war das in früherer Zeit,
ab und zu siegt heute die Gerechtigkeit.

Sind es menschliche Schwächen,
wenn wir moralische Gebote brechen?
Oder zeigt das unsere Stärken,
weil wir Überkommenes bemerken?

Die Freiheit in dieser Art zu fragen,
ermutigt zu liberalem Wagen.
In solchem Klima entstehen
zwangsläufig weiterführende Ideen.

Die Demokratie ist aus dieser Sicht,
mit dem ihr eigenen Verfassungsgericht
eine der besten bekannten Staatsformen
auch für zeitgemäße moralische Normen.

2002

Berliner Klima

Fünfmal Hauptstadt im letzten Jahrhundert.
Bei soviel Wechsel sich kaum einer wundert,
dass Berlin seine Identität verloren hat,
als eine zusammengewürfelte Stadt.

Ein großes Zentrum sucht man vergeblich,
das finden die Planer anscheinend erträglich.
Am Potsdamer Platz fing man mit einen neuen an:
Klein-Chicago mit extravaganter Bundesbahn.

Der Alex ein seelenloser Häuserbrei,
der Kudamm ein altbackenes Allerlei.
Eine Identität ist auch nicht zu finden,
auf der Rennbahn Unter den Linden.

Haben sie für Stadtplanung keinen Sinn?
Der Fußgänger fehlt offensichtlich darin.
Es gibt für ihn keine ruhige Zonen,
aber freie Fahrt für Autoschwadronen.
Vielerorts entsteht eine protzige Öde,
von Wohlfühlen ist kaum die Rede.

Die Wirtschaft kommt nicht zurück.
Sie hat bessere Standorte im Blick.
So fließen die Steuern spärlich
und die Schulden wachsen jährlich.
Der Ruf nach Subventionen laut ertönt
darob sich kein Regierender schämt.

Der kleine Berliner, daran längst gewöhnt,
sich nach seiner Laube im Grünen sehnt.
Auch die olle Kneipe am Eck
hilft ihm über vieles hinweg.
Dort ist er Mensch und kann es sein,
in dieser Welt ist er daheim.

2001

In der Mitte

Zwei Parteien rechts und links der Mitte,
bringen Demokratien zu voller Blüte.
Wenn etwa achtzig Prozent für sie stimmen,
können Extreme nicht viel Boden gewinnen.
Sind die übrigen Parteien auch klein,
können sie doch heilsame Wadenbeißer sein.

Mit jedem Machtwechsel zwischen den Großen
wird eine neue Entwicklung angestoßen.
Mit jeder neuen politischen Generation
verbindet sich gesellschaftliche Evolution,
denn die Lebensbedingungen ändern sich
und das Wenigste ist unverbesserlich.

Jetzt war eine Partei 16 Jahre an der Macht,
und das hat ihr Erstarrung eingebracht.
Soll sie wieder zu neuer Größe gedeihen,
muss sie sich von Überkommenen befreien.

Dazu benötigt sie viel Kraft und Zeit
zur Bildung überzeugender Geschlossenheit.
Nur wenn sie dieses mit Erfolg abschließen,
können sie einmal wieder Macht genießen.

Während sie um zeitgemäße Konzepte ringen,
kann der Sieger seine Ziele zur Geltung bringen.

Aber die Konzepte der Beiden
sich nur wenig unterscheiden,
was zwangsläufig dazu führt,
dass man Initiativen blockiert,
die man eigentlich als sinnvoll ansieht,
aber oppositionell in die Länge zieht.

So treten Programme in den Hintergrund,
die Bürger achten mehr auf Sprechers Mund,
wie der seine Versprechen verkündet,
hinter denen die Parteidoktrin verschwindet.

1999

Stadtflucht

Gewerbe, Kunst und Wissenschaft
entfalten in Städten ihre größte Kraft.
Gerade das hat aber zwangsläufig bewirkt,
dass sich in ihnen Unangenehmes verbirgt.

Heute wachsen die Städte schneller denn je,
nur das Geld fehlt in ihrem Portemonnaie,
denn worüber man im Dorf nicht spricht,
in den Städten wird es zum Schwergewicht.

Mit dem einfachen Leben ist es vorbei,
denn Reinigung, Kanal und Polizei,
Beleuchtung, Nahverkehr und Straßen
die Städte sich hoch bezahlen lassen.

In Tschunking sollen 30 Millionen
dicht gedrängt aneinander wohnen.
Soll hier nicht das Chaos regieren,
muss jeder viel Freiheit verlieren.

Mit der Größe verliert sich der Bürgersinn,
steigende Lasten hat man ohnehin.
Kein Respekt und Verständnis für die Natur,
fremd bleiben den Bürgern Fauna und Flur.
Je mehr Menschen in der Stadt wohnen,
um so größer werden kriminelle Intentionen.

So werde ich den Gedanken nicht los,
manche Städte sind viel zu groß.
Aber andererseits die Kleinen,
mir nicht vital genug erscheinen.

So muss es eine optimale Größe geben,
für ein kultiviertes-kreatives Leben.
Nur ist diese Größe von Natur aus instabil,
aber dafür ist der kreative Mensch mobil.
Er wird der Bedrohung und Enge entfliehen
und in die Nähe der großen Städte ziehen.

2000

Staat und Drogen

Drogen sind auch Alkohol und Nikotin,
weil sie Menschen in ihre Abhängigkeit zieh'n.
Die tun alles, um ihren Drang zu stillen
und beschränken unwissend ihren freien Willen.

Es stimmt mich traurig anzusehen,
wie einst Gesunde vor die Hunde gehen.
Sogar der Staat kassiert dabei,
eine unmoralische Heuchelei.

Das ist an sich schon schlimm genug,
doch er zahlt auch nichts für den Entzug.
Der erfolgt zu Lasten der Kassen,
die sich das von uns bezahlen lassen.

Der Erfolg bleibt meistens moderat,
den notwendigen Willen kaum einer hat.
Zur Elendsgestalt verkommen,
ist ihm die Menschenwürde genommen.

Von den fünf Millionen, die zuviel trinken
jährlich vierzig Tausend in ihre Gräber sinken.
Bei den Rauchern ist die Quote noch höher,
doch danach kräht schon gar kein Häher.
Zweitausend Rauschgifttote dagegen
die Öffentlichkeit weit mehr erregen.

Deren Dealer werden eingesperrt,
beim Staate läuft es umgekehrt,
denn jeder Steuereinzug ist legal
und woher er kommt, ist ihm egal.

Die harten Drogen bringen keine Steuerquoten,
sind sie etwa deshalb streng verboten?

2002

Mildernde Umstände

Hat jemand eine Untat begangen,
wird man eine Bestrafung verlangen.
Die Verteidigung wird in allen Fällen
Entlastungsgründe dagegenstellen.

Da ist die Macht abnormer Triebe.
fehlende Einsicht oder elterliche Liebe,
Hierum muss sich die Gesellschaft kümmern,
harte Strafe würde das eher verschlimmern.

Findet man ein therapierbares Leiden,
muss das Gericht darüber entscheiden.
Meist fehlen dann noch Geld und Zeit
der Weg zur Heilung ist mühsam und weit.
Zu häufig wird Misserfolg zum Dauergast,
weil die Therapie zur Psyche nicht passt.

Lähmen jedoch Triebe den Verstand,
gehört der Täter in ärztliche Hand.
Wenn die ärztliche Kunst kapitulieren muss,
bleibt für jene nur der konsequente Verschluss.

Wie weit sind sie nun krank oder schuldig?
Diese Frage macht die Richter ungeduldig,
denn bei ihr steigen die Anwälte ein
und dann wird der Bessere der Sieger sein!
Kann es der Anwalt zum Freispruch treiben,
wird die Sicherheit auf der Strecke bleiben.

Die Gesellschaft ist davon »tief« betroffen,
aber für Vorbeugung nur halbherzig offen.
Gerade die aber wäre für sie von Belang,
doch sie kommt nie auf die Anklagebank.

2002

Konservativ - Progressiv

Den Konservativen, mit der Welt im Reinen,
mussten Änderungen gefährlich erscheinen.
Sie haben allem Neuen widerstanden,
nur Bewährtes sie als gut empfanden.

Sie hatten lange nicht erkannt,
dass nur der Wechsel hat Bestand.
So wurden ihnen viele Änderungen
vom gelobten Fortschritt aufgezwungen.

Doch wie das bei uns Menschen geht,
haben wir auch diesen überdreht.
Wir drohen am Überfluss zu ersticken,
Umweltschäden, wohin wir auch blicken.
Die Mächtigen wollen davon nicht viel wissen,
und tun nicht das, was sie eigentlich müssen.

Nur wenn sich Neukonservatives regt,
das nicht nur Althergebrachtes pflegt,
sondern Fortschritt auch auf Bewahren lenkt,
dann würde uns Nachhaltigkeit geschenkt.

Dazu ist eine intelligente Politik gefragt,
die sich weitsichtigem Handeln nicht versagt.
Von Doktrinen wäre nichts zu spüren,
sogar Mephisto könnte niemand verführen.
(weder durch den Wahn der Machbarkeit
noch mit der Kraft entfesselter Eitelkeit.)

Vielleicht verlange ich des Kreises Quadratur,
denn dagegen steht die menschliche Natur.
Wird im Kampf mit ihr ein jeder unterliegen,
oder wird bessere Einsicht einmal siegen?

Unterstützte dies ein Leidensdruck,
wirkte er sicher, ist er nur groß genug.
Dann vergäßen sie die Legislaturperiode
und Ränke schmieden wäre aus der Mode.

2000

In der Zwickmühle

Die Nato hat ihre Aufgabe erfüllt,
gegen Russland erübrigt sich ein Schild.
Auch keine andere Nation sie bedroht
und trotzdem leidet ihre Sicherheit Not.

Militärisch sind die USA nicht zu schlagen,
ihre Wirtschaft hat weltweit das Sagen.
Wer nicht ihr Freund ist, wird zum Feind,
jedes Dazwischen wird von ihnen verneint.

Sie fühlen sich vom Terror ernsthaft bedrängt,
was ihren Blick auf Schurkenstaaten lenkt.
Gegen die blasen sie zum Angriffskrieg,
doch der gerät zu einem Pyrrhussieg.

Terror kriegt man mit Gewalt nicht klein,
ohne kluge Politik wird man Verlierer sein.
Wer versucht den Hass in Blut zu ertränken,
dem wird man später keinen Beifall schenken.

Natürlich sind die Täter schwer zu bestrafen,
auch für Gerechtigkeit mehr Raum zu schaffen.
Das wäre ein aufbauende Perspektive
gegenüber Vergeltung als Alternative.

Bis dahin ist es noch ein weiter Weg,
für fehlende Klugheit ein weiterer Beleg,
denn Dummheit und Stolz
stammen aus den gleichen Holz.

Wenn Kopf mit Kopf zusammenschlägt,
ist es für Vernunftgebrauch zu spät.
Dann kommt eine Zwickmühle in Gang
und die malt bekanntlich ewig lang.

2002

Hinter dem Zenit

Fünfhundert Jahre formte der Westen
den Rest der Welt zu seinem Besten.
Er war Allen in Allem überlegen,
Nichts stand ihm lange entgegen.
Er bereicherte sich auf Kosten der Schwachen,
die zunehmend selbstbewusster erwachen.

Nun wollen sie über sich selbst verfügen
und nicht westlicher Lebensart erliegen.
Jetzt wollen sie dasselbe wie wir,
Herren sein in ihrem Revier.

Für den, der diese Entwicklung kritisch sieht,
überschritt unsere Macht bereits ihren Zenit.
Militärisch sind wir nicht zu schlagen,
andere Kräfte an unseren Nerven nagen.

Es war in Rom und Byzanz die Moral,
die immer mehr verkam im Sittenverfall.
Auch bei uns gibt einige Zeichen,
dass auch unsere Sitten erweichen:

Selbstverwirklichung und Gelderwerben
begünstigen das Familiensterben.
Zu viel oberflächliches Feiern und Trinken
lässt kulturelle Ansprüche versinken.
Man ist häufiger egoistisch oder asozial,
das senkt den Gemeinsinn katastrophal. -

Sind wir, wie einst die Römer, verblendet,
und glauben nicht, dass soviel Macht je endet?
Trifft das Mysterium des Vergehens
die Betroffenen immer unversehens?

Man glaubt wohl, sie dauert noch lange,
die Tour zum Ende der Fahnenstange!

2002

Ceterum censeo*

Das hat Cato dauernd dem Senat vorgesetzt
und damit zum Krieg gegen Karthago gehetzt.
Weil man dort nicht täte, was Rom will,
mache man es möglichst schnell zu Müll.
Er betonte das bei jeder Gelegenheit,
wer noch wartet, der verschwende seine Zeit.

Caesar, Attila und auch Napoleon
formten Erdteile nach ihrer Facon.
Doch die Geschichte hat es demonstriert:
Jede Macht wurde schließlich demontiert.

Nun drängt sich Mister Dabbelju ins Bild,
und zeigt seine Macht ganz unverhüllt.
Er hat dem Bösen den Krieg erklärt
und will ihn möglichst bald führen.
Unsicher ist, ob sich solches Tun bewährt,
denn den Frieden kann er bald verlieren.

Für den Aufmarsch seiner Garden
zahlt er täglich drei Milliarden.
Die, im Kampf gegen Armut verwendet,
wären ganz gewiss nicht verschwendet.

Gegenseitigen Nutzen zum Prinzip erheben
würde dem Frieden bessere Chancen geben,
würde die Wurzeln des Terrors beschneiden
und viele Menschen würden weniger leiden.

Solche »Vergeltung« sichert einen Frieden,
der Feinde in Partner verwandelt.
statt alttestamentarische Rache zu üben,
die das Leben so nachhaltig verschandelt.

2003

*Catharginem esse delendam. Catos Kriegshetze um 150 v.Chr.:
Ich halte es für notwendig, dass Karthago zerstört wird.

Aktiver Ruhestand

Vor 30 Jahren war es schon abzusehen,
abwärts geht es mit dem Sozialsystem,
Zulange hat man nichts dagegen getan,
nur auf ein Wunder gewartet, das nicht kam.

Die Lebensarbeitszeit ging ständig zurück,
bei steigendem Lebensalter ein starkes Stück.
Höchstleistung ist immer mehr gefragt,
vielen Fünfzigern ist bezahlte Arbeit versagt.

Alle wollen dann noch länger am Leben bleiben,
die Ärzte sollen ihnen nur das Beste verschreiben.
Von Ruhestand ist da wenig zu bemerken,
denn die Freizeitaktivitäten sich verstärken.

Laßt uns dazu etwas überlegen
und nicht nur vom Sparen reden:
Konventionelles hat sich erschöpft,
das System gehört jetzt neu geknöpft.

Arbeit gibt es doch überreichlich im Land,
wie wäre es mit einem Aktiven Ruhestand?
Die rüstigen Rentner sollten sich verpflichten,
auf 15 Wochenstunden Freizeit zu verzichten.
Das sei eine ungekürzte Rente wert,
weil solches Tun den Wohlstand mehrt.

Alles, was im öffentlichen Interesse liegt,
dann Hilfe durch erfahrene Rentner kriegt.
Auch die richtig Alten im Alltag unterstützen,
befriedigt mehr als tatenlos herumzusitzen.
Arbeit ohne Stress ist außerdem ein Segen,
weil Geist und Körper Kreatives mögen.

Sind einige Jahre auf diese Weise verbracht,
wird mit allen Zwängen Schluss gemacht.
Dann kann jeder alles selber frei beschließen
und einen Ruhestand nach Maß genießen.

2003

Kapitel 3 Menschliches

Staunen

Leute, die sich nicht mehr wundern können,
kann man unbedenklich arme nennen.
Sie sind geistig abgebrüht,
unbewegt bleibt ihr Gemüt.
Staunen ist dagegen ein Beginn,
nachzudenken über Ursache und Sinn.

Ich staune
dass die Natur im Gleichgewicht steht
und der Mond sich kein bisschen dreht,
über die vielen vermuteten Gesetzmäßigkeiten
und über alle, die sich darüber streiten,
über eine funktionierende Autofabrik
wie über esoterische Weltkritik,
wie anpassungsfähig die Menschen sind,
aber für unangenehme Fakten blind,
dass ich mich gegen besseren Rat verrenne,
also nur die eigene Erfahrung anerkenne,
wie viel ein Gesicht ausdrückt,
das man zu ersten Mal erblickt,
über ein Vermögen loszulassen
und dafür neues anzufassen,
dass die Staaten sich bekriegen,
aber die Menschen sich lieben.

Anderen fällt sicher etwas anderes ein,
solche Listen werden nie am Ende sein.
Auf Staunen folgt die Frage WARUM?
als wesentliches Charakteristikum
einer eigenständigen Weltoffenheit
für Zusammenhänge weltweit.

2000

Geschenkte Jahre

Der Mensch sich alle sieben Jahre erneuert
und von den Kräften des Lebens gesteuert,
reift er in altersgemäßer Weise heran,
damit er die nächste Epoche beginnen kann.

Nach zehn mal sieben Jahren
hat er sein Menschsein erfahren,
kam dabei mehr oder weniger voran.
Nun fangen die geschenkten Jahre an.

Jetzt haben wir weniger Pflichten denn je,
fast jede Fremdbestimmung ist passe.
Mit Langzeit-Planungen ist es vorbei,
jetzt wären sie eine Art von Tyrannei!

Steht auch im Nebel ein Tunnel parat,
der vielleicht eine zweite Öffnung hat,
sollten wir nicht darüber grübeln,
die geschenkten Jahre würden's verübeln.
Hadern mit Vergangenem macht wenig Sinn,
im Hier und Jetzt liegt jeder Neubeginn.

Wer jetzt seinem Leben neue Inhalte verleiht,
der ist für ein erfülltes Dasein bereit.
Er kann endlich sein Weltbild erweitern
und sein Gemüt im Staunen erheitern.
Er kann sich mit seinen Hobbies befassen,
sich auch ab und zu verwöhnen lassen.

Ehrenämter warten auf ihn,
sie sind eine belebende Medizin,
denn wer geschenkte Zeit verschenkt,
der besondere Freuden empfängt.

Aber dieses Geschenk verdirbt im Konsum,
es wird erst wertvoll durch eigenes Tun.

2000

Mensch und Nummer

Wenn früher einer einen Brief verschickte,
dem dafür Titel, Name und Ort genügte.
Der wurde zwar oft sortiert,
kam aber richtig an, garantiert.
Für Geldgeschäfte reichte die Person,
für hinreichende Identifikation.

Heute wollen die meisten Maschinen,
dass wir sie mit Zahlen bedienen,
denn Handschriften sind für sie tabu,
auch die Sprache gehört dazu,
Personen erkennen sie nicht,
nichtssagend ist ihnen ein Gesicht.

Wollen wir ein modernes Leben führen,
müssen wir mit Nummern hantieren.
Leider kann die kaum einer behalten,
er muss sie schriftlich verwalten.
Sollte man die je verlieren,
stünde man vor verschlossenen Türen.

Das widerspricht dem Zweck von Maschinen,
denn die sollen doch dem Menschen dienen!
Rationalisierung ist ja ganz schön,
doch sollte man auch den Menschen seh'n.

Das bereitet mir zunehmend Kummer:
Unsere Identität beschreibt eine Nummer!
Sie sollten uns besser verschonen
mit numerischen Transaktionen.

Wären die Maschinen nur etwas gescheiter,
kämen wir ein gutes Stück weiter.
Dann würden die Nummern in ihnen bleiben
und sie uns nicht ins Nummernchaos treiben.

2000

Betreuung

Wir waren früher intensiver betreut,
als die freilaufenden Kinder von heut'.
Jetzt sind die Kinder zeitweise verwaist,
werden von fremden Händen abgespeist.

Sie erfahren nur ein herbergendes Nest,
was seelische Härte aufkommen lässt.
An elterlichen Zuwendungen wird gespart,
was sich in teuren Geschenken offenbart.

Sind die Kinder zu Hause allein,
fallen sie dem Fernsehen anheim.
Da werden Unmoral und Gewalt präsentiert,
was manche zum Nachmachen verführt.

Zum Kreativen werden sie kaum angeleitet,
destruktives Verhalten ist weit verbreitet.
Andere wollen sich der Leere entziehen,
wenn sie in die Drogenwelt entfliehen.

Eine Betreuung nach altem Schema
entwickelte sich zum Anathema.
Junge Menschen wollen herausgefordert sein,
und lassen sich nicht mehr wie Kinder betreuen.
Sie betrachten sich bereits als Persönlichkeiten,
obwohl sie noch mit ihrer Identität streiten.

Können sie sich in kleinen Projekten bewähren,
würden sie sich nicht in Aggressionen verzehren.
Wenn sie dabei Schwierigkeiten erfahren,
wird sie das vor Überheblichkeit bewahren.
Bringen wir sie doch mit der Welt zusammen
und pflegen in der Familie ihre Schrammen.

Aber eine Betreuung im Übermaß
verdirbt den Jugendlichen jeden Spaß.
Stehen wir uns besser zur Hilfe bereit,
bei ihrer Suche nach Selbstständigkeit.

2000

Vorbild und Idol

Vorbilder gründen auf ihr Wesen und Taten,
mit denen sie Problemen entgegen traten.
Jungen Leuten, noch vom Leben benommen,
sind sie als Orientierungshilfe willkommen.

Vorbilder wirken nicht auf die Massen,
die Wahl ist dem einzelnen überlassen.
Beim Versuch sie sklavisch nachzuahmen,
würde jede Eigenständigkeit erlahmen.

Das Bedürfnis nach Vorbildern schwindet,
je bewusster einer zu sich selber findet.
Was vielleicht dann dahin führt,
dass er einmal selbst ein Vorbild wird.

Ein Vorbild wirkt mehr auf den Intellekt,
es beflügelt nicht wie perlender Sekt.
Der passt wohl besser zu einem Idol,
dessen Charisma beschwingt unser Wohl.

Bei ihrem Auftauchen ist nicht zu erklären,
warum wir Idole vergöttern oder verehren.
Bestand in der Psyche vieler ein Defizit,
etwa auf emotional-erotischem Gebiet?
Es erzeugt in der Menge ein Wir-Gefühl,
das sich zeigt in ihrem temporären Profil.

Ein Idol wirkt durch die Persönlichkeit,
ist jedoch ein Kind seiner Zeit.
So wirkt seine Ausstrahlung nicht lange,
ist es auch noch so hoch im Schwange.

Lächelt man über frühere Schwächen,
erscheint ein neues, um Herzen zu brechen.
Unser Leben wäre doch soviel ärmer,
ohne Vorbilder, Idole und Schwärmer.

2000

Hass

Wenn Angst oder Ungerechtigkeit
unerträglich werden mit der Zeit
und gibt es auf Abhilfe keinen Verlass,
dann erzeugt das unweigerlich Hass.

Aber Hass ist ein schlechter Ratgeber,
er wirkt zuerst auf die eigene Leber.
Das merkt der Hassende meist zu spät,
weil der Hass alle Maßstäbe verdreht.

Hass verlangt irgendwann nach Gewalt,
macht auch vor Verbrechen nicht Halt,
denn beherrscht vom Vernichtungstrieb,
drängt er auf einen totalen Sieg.

Doch der ist nicht von langer Dauer,
denn so wird des Feindes Hass nicht flauer.
Wir sollten also Hass nicht erst entstehen lassen,
sondern ihn rechtzeitig an seiner Wurzel fassen.

Doch der Sucher hat es nicht leicht
bis er solche Erkenntnis erreicht,
denn nur, wenn er frei ist von Hass
ist auf vernünftiges Denken Verlass.
Es nützt auch nichts, wenn wunschbeflügelt,
man lieber den Esel als den Herrn verprügelt.

Das vermittelt uns einen Rat,
wie man mit Hass *nicht* umzugehen hat:
Hass gegen Hass macht alles schlimmer,
hier hat Psyche von Psyche keinen Schimmer.
Leider kommt es dann oft zum Krieg,
doch nur kurz ist die Freude am Sieg.

Dem sollten wir mehr Beachtung schenken
und nicht nur an Vergeltung denken.
Ohne Einlenken gibt es keine Nachhaltigkeit,
nur sehen die Mächtigen meist nicht so weit.

2000

Lügen

Die Politiker werden mit Lügen
im Machtkampf leichter siegen.
So steht's in Platos *Staat* geschrieben,
als Fakt scheint es erhalten geblieben.

Um einen lohnenden Auftrag zu kriegen,
muss der Geschäftsmann ab und zu lügen,
betreffend Lieferfristen oder Eigenschaften,
die am Produkt als Mangel haften.

Wenn aus Kindesmund eine Lüge träufelt,
geben sich die Eltern schnell verzweifelt.
Doch sie sollten sich auch fragen,
ob sie immer die Wahrheit sagen.

Versicherungen werden häufig betrogen,
in Steuererklärungen wird auch gelogen.
Männer kommend aus fremden Betten,
versuchen sich mit Lügen zu retten.

Schwierig ist es mit den Lügen in Not,
wenn sonst noch größeres Unheil droht.
Hier muss das Gewissen Richtschnur sein,
auch wenn wir das später vielleicht bereu'n.

Die üblichen Gesellschaftslügen
den Moralisten weniger betrüben.
Als ein unentbehrliches Teil der Konvention
haben sie eine kontakterhaltende Funktion.

Lügen sind anscheinend unentbehrlich,
Erfolge erringt man nicht immer ehrlich.
Ein bisschen lügen und sonst ehrlich sein?
Kann jemals eine Antwort lauten »Nein«?

Ob immer ehrlich sein am längsten währt,
sich leider erst am Lebensende klärt.

2000

Langsamkeit

Die Meisten von uns hetzen und eilen,
haben keine Zeit in Ruhe zu verweilen,
denn wenn sich einmal nichts bewegt,
wird das als lahm und kraftlos ausgelegt.

Beobachten wir in Ruhe die Natur,
hier finden wir von Hetze keine Spur.
Nur ab und zu, vom Hunger getrieben,
die Raubtiere sich im Jagen üben,
die nach dem Fressen und beim Verdauen
faul genüsslich in die Gegend schauen.

Aber das uns nicht genügt,
was an unserem Kopfe liegt.
Wir wollen ständig weiterschreiten,
um uns ein besseres Leben zu bereiten.

Aber der Preis dafür ist viel zu hoch,
Beschaulichkeit fällt in ein tiefes Loch.
Mit dem immer weiterkommen wollen,
wird sich die Lust am Hier vertrollen.

Das geht freilich nicht von heut' auf morgen,
uns plagen die bekannten Wachstumssorgen.
Doch mit jeder neuen Wachstumsrunde,
geht ein bisschen Menschsein vor die Hunde.

Natürlich geht es ohne Geld und Arbeit nicht,
aber gehen wir mit unseren Zwängen ins Gericht:
Die Natur hat uns sehr langsam erschaffen,
warum wollen wir bloß alles schneller machen?

Um darüber ernsthaft nachzudenken,
haben wir uns mehr Muße zu schenken.
In Hast und Eile können wir nicht erkennen,
wie gerade diese uns vom Menschsein trennen.
Noch ist Langsamkeit wenig geachtet,
ob man das jemals anders betrachtet?

2000

Umgang mit Furcht

Die Ursachen von Furcht sind konkret,
von Unbestimmbarem Angst ausgeht.
Die wird uns meist lähmend beschweren,
bei Furcht können wir uns gezielter wehren.

Hat uns die Angst gepackt,
ist die Vernunft angeknackt.
Wenn wir fürchtend bangen,
wir dagegen zu denken anfangen.

So wird die Gefahrengröße geschätzt,
notwendiges Tun und Lassen festgesetzt.
Häufig ist uns näherliegendes,
wichtiger als schwerer Wiegendes.

Arbeitsplätze sind wichtiger als Arterhaltung,
Klimaschäden stehen hinter der Verkehrsentfaltung.
Um das Heute zu retten, leihen wir Geld,
zugleich wird der Ärger für morgen bestellt.

Einen klugen Kopf dagegen man den heißt,
der seiner Furcht Respekt erweist,
weil er in ihr eine Warnung sieht,
und nicht in lockende Verdrängung flieht.

Er misstraut der schnellen Machbarkeit,
erkennt sie als Problem unserer Zeit.
Er kritisiert die Forschheit von Macht,
die uns schon so oft Unheil gebracht.

Nun, was deren Strategie angeht,
die Gegenwartsbewältigung über allem steht.
Gegenwärtiges wird immer dringender gesehen,
als vorhergesagtes, nur mögliches Geschehen.
Man wartet mit ruhiger Hand auf den Beweis,
dass tatsächlich die Kuh steht auf dem Eis.

2000

Intellektuelle

Man findet sie unter geistig Tätigen,
die fast alles mit dem Verstand erledigen.
Sie besitzen ein großes Wissen
und denken ungewöhnlich scharf,
die Praxis vermeiden sie geflissen,
für's Machen haben sie geringeren Bedarf.

Man kann sie Besserwisser heißen,
weil sie mit Kritiken um sich schmeißen.
Meist sind die solide untermauert,
was manchem die Stimmung versauert.
Eine ihrer Stärken ist das Kabarett,
dort machen sie Mächtige zum Gespött.

Sie alle auf ihre Weise denken
und lassen sich von keinem lenken.
Ein Kollektiv von Intellektuellen
würde zu den Utopien zählen.
Sie fühlen sich eigenständig und frei,
bilden keine Lobby oder Partei.

Die aber werden von Ideen berührt,
die einst von Intellektuellen eingeführt.
Auch das kulturelle Geschehen
sie mit geistigen Keimen versehen.
Anderes geht wieder den Bach hinunter,
aber immer wird das Leben bunter.

In einem Land, das keine Intellektuellen hat,
ist das Menschsein unentwickelt und platt.
Die fehlende Anregung macht stumpf und träge,
da geht man geistigen Freuden aus dem Wege.

Darum singe ich das Lob der Intellektuellen,
denn sie speisen eine unserer Lebensquellen.

2000

Automobile

Mobilität ist als ein Recht bestimmt,
das man stark in Anspruch nimmt.
Ihr Entzug wird als Strafe empfunden,
DDR-Bürger können das bekunden.

Der Wunsch nach ihr wird am besten erfüllt,
wird er mit einem Automobil gestillt.
Mit ihm scheint sie optimal realisiert:
Alles wird von Tür zu Tür transportiert.

Trotz Fernsehen, Film und Video,
wir wollen alles life in Stereo
und direkt miteinander reden,
spinnen an Gedankenfäden.

Die Elektronik ist doch blass und schlicht,
eine Prothese, komfortabel und mehr nicht.
Unsere Sinne leiden dabei unter Entzug,
nur Mobilität bietet ihnen genug.

Aber viele Autos reduzieren die Mobilität,
es ärgert sich, wer sinnlos im Stau steht.
Der Staat nutzt die Autos als Steuerquelle,
wenig denkt man an das Risiko der Unfälle.
Es kostet etwa eine halbe Monatsmiete
und verstänkert lärmend weite Stadtgebiete.

Jedes Auto ist ein Umweltsünder,
seinen Besitzer macht es nicht gesünder.
Außerdem ist es ziemlich gefährlich
und trotz allem unentbehrlich.

Das alles ficht uns nicht an,
zu unbequem ist die Eisenbahn.
Sind die meisten Umweltschützer
deshalb ebenfalls Autobesitzer?

2000

Optimierung

Der Mensch sucht immer den Weg zum Glück
und fällt dabei meistens auf sich zurück.
Heute verspricht er sich in hohem Maße
Glück von seiner gut gefüllten Kasse.

Dazu sei aufzuwenden alle unsere Kraft
für das Gedeihen unserer Marktwirtschaft.
Deren Regeln seien uns bekömmlich
und wie Naturgesetze unvergänglich.

Das einzusehen fällt den meisten nicht schwer,
im Egoismus streben sie nach immer mehr.
Das, verbunden mit Wachstumsideen,
treibt den Anpassungswillen in eisige Höhen.
Zweifel, Ängste und Unsicherheit
passen nicht in die »Du schaffst es« Zeit.

Selbstoptimierung, und die flexibel,
erscheint für den Menschen plausibel
für seine eigene Verwendbarkeit
im Räderwerk moderner Teamarbeit.
Arbeitet Einer im Team nicht genug,
setzen ihn die Kollegen unter Druck.

Unternehmer sind nicht viel besser dran,
an ihn treiben seine »Kollegen« an!
Jeder optimiert sich nach seinem Vermögen
und die Konkurrenz hat das gleich Bestreben.

Beide wissen nicht, was sie damit verlieren,
wenn sie zunehmend unter Zwang reagieren.
Die Rolle eines Subjekts ist ihnen genommen,
dem Menschsein wird das schlecht bekommen.

Wenn wir uns als Nutzenkalkulierer sehen
und nur auf unserem Vorteil bestehen,
wird eine solche Optimierung übertrieben
und sich unser Dasein dabei trüben.

2000

Singen

Trällern erhellt das Kindergemüt,
mit dem es Beachtung auf sich zieht.
Später tritt die Freude am Gesang hervor
und schließlich finden wir sie im Chor.
Dabei bildet sich ein Gemeinschaftsgefühl,
denn nur als Gruppe kommen sie ans Ziel.

Das gilt nicht nur für den Chorgesang,
zum Singen besteht ein gewisser Drang,
will man Gemeinsamkeit demonstrieren
und wachsende Zuversicht in sich spüren.

Die Hymnen der Nationen
erfüllen ähnliche Funktionen.
besonders bei Triumphen oder Krisen
hat sich ihre Kraft schon oft bewiesen.

In den Kirchen tritt es ähnlich zu Tage,
Gesang baut auf, auch in misslicher Lage.
Sklaven fanden ein neues Te Deum,
im Gospel als erflehtes Evangelium.
Kunstgesang machte es europäisch,
anrührend und etwas pharisäisch.

Popstars bringen die Massen zum Rasen,
Teenager zeigen unverhüllte Extasen.
Mangels Besserem entdecken sie Idole,
für Orientierungslosigkeit sind sie Symbole.

Singen öffnet zwar Herzen und Türen,
es kann aber auch Menschen verführen.
Im Singen brachen sich öfter Gefühle Bahn,
mit denen auch böses Tun begann.

Aber die Stimme als das schönste Instrument
liefert für Singen selbst das stärkste Argument.

2000

Aufmerksamkeit

Sie ist das Tor zwischen Mensch und Welt,
das auch unser Wille öffnet oder verstellt.
Ohne sie können wir nichts erleben,
nichts lernen und nichts weitergeben.

Unsere Aufmerksamkeit widmen wir dem,
das wir gerade als das Wichtigste ansehen.
Auf Konzentration und Denkdisziplin
weist dieser untrügliche Indikator hin.

Sie macht Gelerntes unvergesslich
und ist bei jeder Arbeit unerlässlich.
Wir müssen sie im Griff behalten,
wollen wir Substanzielles gestalten.

Es ist achtsam mit ihr umzugehen,
soll sie der Sturm der Phänomene nicht verwehen.

Investieren wir doch dabei Lebenszeit,
ein hoher Preis für Aufmerksamkeit.
Gehen wir auch deshalb bedächtig mit ihr um,
denn damit bestimmt sich jedes Individuum.

Deshalb wollen andere das Tor durchdringen,
um uns ihre Wünsche nahe zu bringen.
Haben sie das erst einmal geschafft,
entfalten sie ihre Überzeugungskraft,
um unseren Willen so zu schwächen,
dass wir ihren Vorstellungen entsprechen.

Dem ist entschlossen entgegen zu treten
und nur das einzulassen, worum wir gebeten.
Dazu müssen wir sie sehr bewusst bewahren
um uns Unwesentliches zu ersparen.

2000

Vom Schönen

Das Schöne lässt sich nicht begründen,
es beruht auf unserem Empfinden.
Es ist Harmonie in Form und Klang,
in Sprache, Malerei oder Gesang.

Der Anspruch des Absoluten liegt ihm fern,
allgemeine Anerkennung bildet seinem Kern.
Die Frage, warum das Schöne gefällt,
wird von der Vernunft nicht gestellt.

Bei Bauten und Mode kommt es an den Tag:
Dauernd ändert sich der Zeitgeschmack.
Was früher schön, ist heute hässlich,
Geschmack ist anscheinend vergesslich.

So ist die Schöne bewunderungswert,
was manche Männer schlechthin betört.
Missbraucht sie Schönheit zu Ausbeuterei,
ist es mit der Bewunderung schnell vorbei.

Nutzen sollte man nie von ihm erwarten,
weder im Grandiosen noch im Zarten.
Es erzeugt ein geistiges Wohlgefühl,
hat keinen anderen Zweck zum Ziel.
Es erhellt wie Liebe das Gemüt,
weil es die Stimmung nach oben zieht.

Im Schönen ahnen wir Vollkommenheit,
sind wir nur zum Staunen bereit.
Das Schöne kann nur der erfassen,
der fähig ist den Alltag loszulassen.
Der es ohne Worte auf sich wirken lässt. -
Dem wird der Augenblick zum Fest.

2001

Selbstherrlichkeit

Zuviel Erfolg ist für jeden gefährlich,
er macht blind, süchtig und begehrlich.
Hochgekommene, vom Erfolg benommen,
ein egozentrisches Weltbild bekommen.

Ja-Sager, die Sympathie vorheucheln,
diese Erfolgreichen umschmeicheln.
Mit deren Geschwätz in den Ohren
geht ihnen der klare Blick verloren.
Was sie früher einmal hochgebracht,
Selbstkritik, verschwindet ganz sacht.

Dialog ist zum Fremdwort gediehen,
Widerspruch wird selten verziehen.
Dafür halten sie mit Kritik nicht zurück,
sie erkennen ja alles mit sicherem Blick!

Manches Gesetz gilt für sie nicht,
sie besitzen authentische Übersicht!
Sie fühlen sich zu Höherem berufen,
und mitunter wirklich Grosses schufen.

Von den Medien werden sie hofiert,
mit Orden und ähnlichem dekoriert.
Trotzdem kommen sie einmal in Bedrängnis,
ihr Charakter wird ihnen zum Verhängnis:

Sie scheitern meist an einem Stolperstein,
zunächst erscheint er ihnen winzig klein.
Doch einmal aus dem Gleichgewicht,
so manche Stütze unerwartet bricht.
Dazu ein hinterhältiger, kleiner Stoß
und am Boden liegt der einstige Koloss.

2000

Sicherheit

Sie ist der Inbegriff in unsrem Bankenwesen:
Steht einer ohne Sicherheiten vor dem Tresen,
hinter dem sich Werte konzentrieren,
wird die Bank bei dem nichts investieren.
Die Fälligkeiten eines reichen Kunden
wird die Bank dagegen gerne stunden.

Je mehr ihr habt, je mehr ihr seid,
je mehr wünscht ihr euch Sicherheit,
denn der Besitz der reichen Leute
ist immer eine hochbegehrte Beute.

Sicherheit gibt es nicht geschenkt,
sie ist auch immer eingeschränkt.
Was sich einer auch einfallen lässt,
stets bleibt vom Risiko ein Rest.

Sicher ist es klug den klein zu halten
und Versicherungen einzuschalten.
Die verfügen über statistische Daten,
die ihnen zum Vorteil geraten.
So können sie Risiken gut abzuschätzen
und ihre Gewinne sicher festzusetzen.

Das gilt auch für mein eigenes Leben,
für das sie Geld nach dem Motto erheben:
So lang du lebst, sind wir Kassier,
erst wenn du stirbst, dann zahlen wir.

Nun gibt es etwas, das ist nicht versicherbar,
von jedem materiellen Werte frei sogar.
Es ist mit Geld nicht zu besorgen,
denn es ist tief in uns verborgen.
Sie ist schon ein besonderes Gut,
die Sicherheit, die in uns ruht.

2001

Doppelbödiges

Ein doppelter Boden steht für Sicherheit,
aber im Charakter er unsere Moral entzweit.
Menschen mit dieser Eigenschaft
geben sich meistens tugendhaft.
Kommt man ihnen jedoch näher,
entpuppen sie sich als Pharisäer.

Politiker geben sich gerne den Schein
ausschließlich für unser Wohl tätig zu sein,
wenn sie uns Wohltaten versprechen,
um bald darauf ihr Wort zu brechen.
So wird Moral nach Belieben verbogen
und kurz darauf wieder zurecht gelogen.

Der Mensch folgt eben seinem Willen
um sein Leben bestmöglich zu erfüllen.
Die Wünsche *anderer* interessieren ihn kaum,
durch seine Moral zieht sich ein virtueller Zaun.

Seine Unmoral für ihn viel leichter wiegt,
als die gleiche, die beim *Andren* liegt.
Sie steht damit auf schwachen Beinen,
trotzdem versucht er, sauber zu *erscheinen*.

Ist dieser Egoismus eine »organische« Pflicht,
ohne ihn überlebt er vielleicht nicht?
Das wird man wohl besser verbrämen,
damit Moralisten keinen Anstoß nehmen.

Damit ist das Dilemma komplett,
die Moral liegt in Procrustes Bett.
Hat Doppelbödigkeit etwa gute Seiten
oder soll man ihr ein Ende bereiten?
Nicht nur der Politiker prüft rational
Vor- und Nachteile doppelter Moral.

2001

Nützliche Zyniker

Eine Wurzel von Zynismus ist Unbehagen
als Folge von Enttäuschungen und Plagen,
die uns von oben zwanghaft auferlegt,
was jede intakte Vernunft bewegt.

Autoritäten haben eine andere Sicht,
als die ihnen dienende Schicht.
Dienende parodieren unkluges Bemühen,
wenn sie »Höheres« ins Lächerliche ziehen.
Als Folge von gelebter Unvernunft und Unlogik
ist Zynismus eine Art von Zivilisationskritik.

Mächtige können diese Zyniker nicht leiden,
weil sie »Hohes Denken« respektlos entkleiden,
denn das fördert mehr Wahrheit zu Tag,
als ein Ideologie-Geblendeter erkennen mag.

Hätte man Politikern Hofnarren verschrieben,
wären manche Irrwege bestimmt unterblieben:
Jeder Dogmatik, sei sie noch so fest,
geben Zynikers Witz und Ironie den Rest.

Er zerlegt Theorien oder Aussagen,
um sie in seiner Art zu hinterfragen.
Er warnt uns, Falsches als wahr anzusehen
und Verführern auf den Leim zu gehen.
Vorschläge wird es vom ihm nicht geben,
er spöttelt und steht abwartend daneben.

Er geht stets von seiner Unbefangenheit aus,
Unstimmiges fällt dann von selbst heraus,
denn nur Wahrheit trotzt jedwedem Spott,
steht über Ironie und Kritik wie ein Gott.
Mächtige holt er vom Podest herunter,
und macht demokratische Kräfte munter.

2001

Meine Freiheit

Wenn ich ohne Abhängigkeitsgefühl
reden und handeln kann wie ich will,
dann fühle ich mich frei.
Aber es bleibt nicht dabei,
denn das ist eben nur praktikabel,
wenn auch für mein Umfeld akzeptabel.

Von gesellschaftlichen Zwängen
lasse ich mich nicht mehr bedrängen.
Ideologien, Dogmen und Doktrinen
will ich nicht anerkennen oder dienen,
denn bei geistiger Gleichmacherei
ist es mit der Freiheit bald vorbei.

Von Vorschriften, die nicht überzeugen
und Gängeleien jedweder Gestalt
lasse ich mich nur ungern beugen
von allmächtiger Staatsgewalt.

Ich unterwerfe mich nicht Institutionen,
die verkünden, dass in jenseitigen Regionen
den auf Erden nicht erlösten Schafen
drohen die fürchterlichsten Strafen.

Suggestion, in Werbung oder Politik,
betrachte ich als einen üblen Trick.
Hier wird das Unbewusste angesprochen
und gezielt die Eigenständigkeit gebrochen.

Es gibt aber auch Gegebenheiten,
die meiner Freiheit ein Ende bereiten.
Für Liebe, Freundschaft und Vaterland
habe ich mich bereitwillig dazu bekannt.

Jetzt kommt dem vollreifen Pensionär
weniger Einschränkendes in die Quer.
Endlich kann er seine Freiheit genießen,
wie Schreiben oder andere Böcke schießen.

2001

Denkblockaden

Einst hat man sich vorgestellt,
die Sonne kreise um die damalige Welt,
weil der Mensch als der Schöpfung Krone
nur im Mittelpunkt der Welt wohne.

Solche dogmatischen Vorstellungen
haben damals das Denken bezwungen.
So hatte Galilei wider besseres Wissen
erkannte Wahrheit widerrufen müssen.

Sitte, Tradition und Glauben,
sind sie nur fest genug gegründet,
können uns das Denkvermögen rauben,
was des öfteren in Fanatismus mündet.

Ist ein festes Gedankengebäude erst errichtet,
fühlt sich die Gesellschaft zum Erhalt verpflichtet.

Hat dann jemand geniale Gedanken
und bringt Überkommenes ins Wanken,
dann ist die Akzeptanz meist geteilt,
weil man sich mit Widerspruch beeilt.

Denn ist der Mensch auf etwas eingestimmt,
er Ungewohntes kaum zur Kenntnis nimmt.
Das sollte zur Besonnenheit ermahnen,
unsere Einsicht ist begrenzter als wir ahnen.

Ist das Modell der Marktwirtschaft
wirklich eine ultimative Errungenschaft?
Haben wir *wirklich* alles durchdacht,
wie man dauerhaften Frieden macht?

Mit Gewohntem handeln wir zu schnell
und versengen uns zu oft das Fell,
denn jede Art von Denkblockaden
gereicht uns meistens zum Schaden.

2001

Individualismus

Der Mensch als ein Gemeinschaftswesen
will sich nun von seiner Gemeinschaft lösen.
Ist es der Selbstverwirklichungsdrang
oder der Wunsch nach Freiheit lebenslang?

Die Familie bietet zwar Geborgenheit,
doch ist man heute weniger denn je bereit,
sich auf diese Weise zu verpflichten
und auf seine Freiheit zu verzichten.

Sich emanzipieren von allem und jedem
hat schon länger in der Luft gelegen.
Jetzt hat das Individuum zwar gesiegt,
doch der Denker Zukunftsängste kriegt.

Selbstverwirklichen wollen sich alle,
und rutschen in die Generationenfalle.
Sie finden sich mutterseelenallein
später im seelenlosen Altersheim.

Eine Art von Neo-Liberalismus
zeigt sich in dieser Form von Egoismus.
Der aber steht im Zusammenhang
mit demographischem Niedergang.

Während das ansässige Volk vergreist,
kommen vitalere Menschen angereist.
Ihre Kultur bringen sie mit
und biologisch sind sie fit.

Mehr und mehr gelangt in ihre Hand,
irgendwann regieren sie das Land.
Vom Individualismus verführt,
der Westler seine Kultur verliert.

Möglicherweise zeigt sich hier ein Symptom
der allgegenwärtigen Evolution.

2001

Rezepte

Je komplizierter sich die Welt gibt,
um so mehr sind Rezepte beliebt.
Sie befreien von der Unsicherheit,
dass Ungewohntes vielleicht nicht gedeiht.

Unsichere wollen jedes Risiko vermeiden
und lassen sie sich deshalb verschreiben.
Das garantiert zwar Erfolg in der Küche,
geht aber woanders meist in die Brüche,
denn das Leben hat zu viele Facetten
um sich auf Rezepten sicher zu betten.

Selbstbewusste haben ein besonderes Konzept:
Sie sind grundsätzlich gegen jedes Rezept.
Sie wollen frei schalten und walten,
ohne sich an Schablonen zu halten.
Treffen sie auch manchmal daneben,
lieben sie doch das Risiko im Leben!

Kluge leben nach einem speziellen Konzept,
sie suchen sich selbst das passende Rezept!
Aber auch der lebt in Unsicherheit,
denn er ist nicht gegen Irren gefeit.
Ärzte stehen in einer ähnlichen Position
sie leiden unter dem gleichen Syndrom.

Rezepte sind eben nur eine Krücke
und keinesfalls eine sichere Brücke,
die über den Sumpf der Unsicherheit führt
und den erwarteten Erfolg garantiert.

2001

Gesundheitsbewusst

Nun hat uns der Fortschritt voll erwischt,
Vor- und Nachteile scheinen bunt gemischt.
Über die Heilkunst könnte man sich freuen,
doch leider viele »Berufene« nicht scheuen,
uns auf die vielen Gefahren hinzuweisen,
die tückisch unsere Gesundheit umkreisen.

Wer lange sucht, der schließlich findet,
was einmal auch in Krankheit mündet.
Manche scheinen sich nach ihr zu sehnen,
suchen sie sogar schon in den Genen!
Für den Ängstlichen wird es dann sonnenklar,
dass seine Gesundheit noch nie so gefährdet war.

Der ist jetzt ein *gesundheitsbesorgter* Patient,
und ein entsprechend schwieriger Klient.
Bei jedem kleinen Zipperlein,
möchte er aufwändig behandelt sein.
Sich dann kurmäßig auf Hochglanz trimmen,
ist ein teures, dazu noch nutzloses Beginnen.

Sie streben die totale Gesundheit an,
die doch ein Irdischer nie besitzen kann.
Wer sich dabei in Ungeduld verzehrt,
dem ist der Sinn für Schönes verwehrt.

Beenden wir doch fruchtloses Begehren,
es ist doch besser, sich aktiv zu wehren!
Sind wir für Eigenverantwortung offen,
dürfen wir auf bessere Gesundheit hoffen.
Achten wir bei allem auf maßvolle Balance,
hat nicht einmal Kummerspeck eine Chance.

Freiheit und Gesundheit haben das gemein,
die wollen kreativ von uns verteidigt sein.
Sie sind unsere kostbarsten Güter,
und solches Bewusstsein ihr bester Hüter.

2002

Leidenschaft

Die Vernunft, einst hoch gepriesen,
wird jetzt in ihre Schranken gewiesen.
Sie hat die Menschen oft in die Irre geführt,
Länder, Leute und Sitten maltraitiert.

Zu Ende ist es mit allen Tributen
an die Allmacht von Absoluten.
Empfindungen und Sinne
erheben nun ihre Stimme.

Man sucht nicht mehr im Transzendenten
nach welttragenden geistigen Fundamenten.
Wir vergießen darüber keine Träne
und beziehen uns mehr auf Phänomene.
Jetzt fühlen wir mehr, als wir wissen,
weil wir uns selber gerecht werden müssen.

Wollen wir etwas ganz genau verstehen,
ist das mit ganzem Herzen anzugehen.
Nur mit solcher Art von Antriebskraft
erlangen wir die beste Wissenschaft.

Kriegt uns die Leidenschaft in den Griff,
bekommt der Intellekt den feinen Schliff,
um in bislang Verborgenes zu schauen
und neue Erkenntnis aufzubauen.

Könnte man das nur der Schule vermitteln,
müsste man jetzt nicht die Köpfe schütteln,
denn wer nur Wissen auf Wissen häuft,
unwissend willige Emotion ersäuft.

Das hat man lange nicht erkannt
und Lust als unmoralisch verbannt.
Wir aber nehmen uns dies zu Gemüte:
mit Leidenschaft kommt mehr zu voller Blüte.

2001

Epikureisches

Epikur hat es bereits gewusst,
Geld alleine macht nur wenig Lust.
denn wer versucht sie sich zu kaufen,
dessen Glücksgefühle werden sich verlaufen.

Gebratene Tauben, die zu uns fliegen,
werden magendrückend in uns liegen.
Erst aus eignem Tun entsteht die Lebenslust,
dagegen endet Müßiggang im Frust.

Naturerkenntnis entschärft den Aberglauben,
mit dem wir uns der Lebensfreude berauben.
Persönliches Glück stehe im Vordergrund,
die Bejahung des Lebens hält uns gesund.

Dann erleben wir eine Glückseligkeit,
ein Erleben erfüllter Lust in Gelassenheit.
Dazu wurde uns die Vernunft geschenkt,
damit der Mensch an Ausgeglichenheit denkt.

Auch die Todesfurcht ist von uns genommen,
denn wir gehen dahin, wo wir hergekommen.
Epikur geht es also um das Hier und Jetzt
und um einen Menschen, der niemand verletzt.

Er hatte sich zwar dem Alltag entzogen,
ihm waren die Götter wohl mehr gewogen
als den meisten Menschen unserer Zeit,
in seiner beneidenswerten Ungebundenheit.

Fällt auch dem Rentner eine Rede leicht,
in der er sich mit Epikur vergleicht?
Denn er unterliegt doch Zwängen,
die mit seinem Alter zusammenhängen.

Der Kluge wird sich einsichtsvoll bescheiden
und unrealistisches Begehren vermeiden.
Er nutze besser das, was ihm geblieben,
dann kann er Glücklichsein noch üben.

2002

Konsumenten

Sie verursachen das Wirtschaftsklima,
sei es schlecht, erträglich oder prima.
Da das Letztere ein Wachstum braucht,
ist es nötig, dass man ständig mehr einkauft.

Dafür bringen sie Werbung in Gang,
denn das bewirkt in uns den Zwang,
das Angepriesene auch zu verlangen,
sind wir einmal von ihr eingefangen.

Jetzt ist ein Handy nur noch in,
sind in ihm auch Spiele drin.
Jetzt die neue Maschine in den Keller,
wäscht sie doch schonender und schneller.

Das neue Auto nicht mehr rostet,
was nur ein bisschen mehr kostet.
Zwölf Jahre soll es garantiert halten,
die Freude an ihm wird früher erkalten.

Das Konsumieren von Frau oder Mann
fing mit der befreienden Pille an.
Die Lust ist in und die Pflicht ist out,
auf die Zukunft wird weniger geschaut.

Dabei fliegt die Freude am Leben weg,
wird der Konsum zum Lebenszweck.
Wen der Konsumrausch beglückt,
den der Kater der Sinnlosigkeit drückt.

Das menschliche Wesen ist doch so angelegt,
dass der Mensch nach Höherem strebt,
was ihm seine Fähigkeiten nutzen heißt,
liegen sie in seinen Händen oder im Geist.

Darum übe man sich im Menschsein täglich,
nur maßvoller Konsum ist mit ihm verträglich.

2002

Abhängig

Der Mensch braucht eine lange Reifezeit
für eine gewisse Selbstständigkeit.
Dabei hat vieles auf ihn eingewirkt,
hinter dem sich Erfahrung verbirgt.
Er hat gelernt, dass es ihm nützt,
wenn er sich auf andere stützt.

Diese Form von Abhängigkeit
besteht die ganze Lebenszeit.
Es entspricht eben unserem Wesen,
uns nicht aus allen Bindungen zu lösen.
Bei allem, was wir auch anfassen,
müssen wir uns auf andere verlassen.

Wir benötigen deren Wissen und Sachen,
denn wir können nicht alles selber machen.
Dafür müssen wir das Risiko tragen,
dass wir Inkompetente befragen.

Unsere Freiheit ließe sich auch so beschreiben:
Frei zwischen Abhängigkeiten entscheiden.
Dazu gehört etwas Wissen und Gespür
und diesen beiden vertrauen wir.

Ginge nun jeder seine Wege allein,
würde es das Ende der Menschheit sein.
Wir sind aufeinander angewiesen
und keine unsterblichen Riesen!
Betrachten wir mit Respekt unsere Welt,
die uns bedroht, aber auch am Leben hält.

2002

Schulisches

Es bestehen für unsere Gedanken
keine Verbote und auch keine Schranken.
Braucht deshalb der Mensch gar lebenslang
zum Wohlverhalten Druck und Zwang?

So versucht man jungem Denkvermögen
durch Erziehung einen Halt zu geben,
was mit hochgelobten Werten geschieht,
die man jedoch im Alltag häufig übersieht.

Andererseits ist Irdisches nie absolut,
also auch ein Wert nicht immer gut.
Unbedingter Gehorsam gehörte einst zu diesen,
dessen Schwächen haben sich selbst bewiesen.
Auch jede Version von Strafgericht
beseitigte Böses und Schlechtes nicht.

Das Anpreisen von Idealen ist eben problematisch,
der Durchschnittsmensch denkt doch pragmatisch!
Der wird auch meistens unersättlich sein,
sein Gefühl für rechtes Maß ist wohl zu klein.

Heute ist man mehr auf Wissen bedacht,
was den Sinn für Machbarkeit verflacht.
Die Erzieher sich an falscher Stelle bemühen,
um die Jungen für das Leben zu erziehen.

Es geht doch mehr um Denkmethoden,
die bereiten für späteres Können den Boden.
Wissen lässt sich von vielen Quellen importieren,
wir aber müssen es methodisch selektieren.

Aus der Vernetzung von solchem Wissen,
gelangt man zu neuen Erkenntnissen!
Darauf haben wir die Jungen vorzubereiten,
dann haben sie die Reife für Gelehrsamkeiten.

2002

Ballast

Es ändert sich der Mensch und auch die Zeit
und ebenso bei Dingen deren Wertigkeit.
Die verwandelt sich mitunter simpel
zu einem unerkannten Gerümpel.
Es wird nicht benutzt und steht im Weg,
für Überflüssigkeit ein sicherer Beleg.

So wird ein Gegenstand, zur Last,
wenn der nicht mehr zu uns passt.
Ach, wenn es doch nur einer wäre,
zu vieles kommt uns in die Quere.

Es wird herumgeräumt und es verstaubt,
behindert uns mehr als man glaubt.
Es verzettelt unsere Aufmerksamkeit
und raubt uns damit wertvolle Lebenszeit.

Ist eine Bekanntschaft seit Langem kaputt,
fehlt zu dieser Einsicht meist der Mut.
Solches Eingeständnis fällt uns schwer,
doch Gemeinsames existiert kaum mehr.
Dann sollten wir uns nicht weiter bemühen,
sondern einen Schlussstrich ziehen.

Halten wir Vergangenes in Ehren,
aber es darf uns nicht beschweren,
denn wenn wir zu fest an ihm hängen
wird dies unsere Freiheit einengen.

Das hindert uns aus uns herauszugehen,
und uns nach Unbekanntem umzusehen,
uns mit Neuen zu beschäftigen
und dabei Geist und Seele festigen.

Denn wer sich allem Neuen verschließt,
dies mit geistigem Stillstand büßt.
Wenn wir uns vom Plunder nicht befreien,
lässt sich für uns Ähnliches prophezeien.

2002

Eigenständig

In jungen Menschen, werden sie nur anerkannt,
findet Eigenständigkeit einen festen Stand.
Sie zeigt sich im menschlichen Willen
sich bestimmte Vorstellungen zu erfüllen.

Dazu ist viel Wissen nicht erforderlich,
in gewissen Fällen ist es sogar hinderlich,
denn geht es um Fragen der Lebenskunst,
stehen dann die Wissenden in unserer Gunst?

Einfache Menschen, mit der Natur verbunden,
haben sich oft besser in der Welt zurecht gefunden.
denn mancher Vielwissende hat eben ein Defizit,
hilflos ist dressierter Geist auf fremdem Gebiet.

Ihm fehlt die zum Zweifeln gehörende Kraft,
die Eigenständigkeit im Denken schafft,
denn sie wird durch Unsicherheit erschwert,
ein Wissen vom Zukünftigen ist uns verwehrt.

Aber was uns zum Tun bewegt,
ist doch in unser Wollen gelegt!
Nur kennen wir dessen Wurzeln nicht,
das Unbewusste hier ein Machtwort spricht.

Können wir dann noch eigenständig sein,
etwas wirkt doch dauernd auf uns ein?
Das zwingt uns dauernd im Geschehen
bewusst urteilend unseren Weg zu gehen.

Trotzdem werden wir uns manchmal irren,
doch wird uns das dann nicht verwirren.
Pflegen wir unverdrossen unsere Individualität,
mit Eigenständigkeit es einfach besser geht.

2000

Die letzte Instanz

Alle Organismen mit ihrer Lebenskraft
sind auf optimale Anpassung bedacht
und das hat alles hervorgebracht.
Schließlich bot der Mensch allem die Stirn,
zum Herrscher wurde er durch sein Gehirn.

Macht führt schnell zu Überheblichkeit,
das zeigt sich deutlich in jetziger Zeit.
Von immer mehr Wissen durchdrungen,
verschaffte er sich viele Erleichterungen.

Jetzt weis er von der Biologie schon soviel,
dass er Lebendiges genetisch gestalten will.
Er will nicht nur Krankheiten überwinden,
er denkt schon daran Menschen zu erfinden.

Freilich erkennen und warnen große Geister,
werden aber diesem Machertrieb nicht Meister.
Solche Arroganz macht offensichtlich blind,
gegen Folgen, die undurchsichtig sind.

Das Raubtier ist in uns geblieben,
aller Humanismus hat es nicht vertrieben.

Was machbar ist, wird auch probiert,
ist etwas fehlerhaft, wird es einfach korrigiert.
Das hat sich in uns kultiviert.

Aber Generation ist die Zeiteinheit von Genen,
da ist es bald zu spät für Einsicht und Tränen.
Menschliche Schöpfungswut entwickelt sich nun
zu unvorhersagbarem evolutionärem Tun.

Irren ist menschlich, sagt man so dahin.
Es enthält nun einen schicksalhaften Sinn.
Jetzt wird die Evolution zur letzten Instanz
für den Arterhaltungswert von Arroganz.

2002

Gerechtigkeit

Begriffe beruhen meist auf Ideen,
die in unserem Geiste entstehen.
Doch unser Denken ist von dem geprägt,
was uns die Vergangenheit hat auferlegt.

Die Weltsicht eines jeden ist verschieden
und das gefährdet den sozialen Frieden.
Darum müssen wir Regeln erfinden
wollen wir uns friedlich aneinander binden.

Uns erscheint Gerechtigkeit nie lupenrein,
denn Irdisches kann nicht vollkommen sein.
Was der Einzelne darunter versteht,
von seinen Wertvorstellungen ausgeht.

Weil wir Anarchie vermeiden wollen.
gibt es Werte, die für alle gelten sollen.
Doch alles einmal einem Wandel unterliegt,
woraus sich neue Notwendigkeit ergibt.
Das gilt auch für Weisungen und Werte:
manch einstig Gute ist heut' das Verkehrte.

Gerechtigkeit bedingt auch Freiheitsverlust,
dem Fordernden ist das nur selten bewusst.
Darauf beruht auch der Dauerkonflikt
ob etwas gerecht ist oder was sich schickt.

Mit dem Prinzip leben und leben lassen
ließe sich vieles stimmig zusammenpassen.
Nur müssten die Menschen dazu weise sein,
leider tritt dieser Zustand nur sehr selten ein.

Vermutlich sind das illusionäre Gedanken. -
Wir werden uns wohl noch lange zanken,
denn Gerechtigkeit ist nichts Absolutes,
doch im Bemühen um sie entsteht Gutes.

2002

Kapitel 4 Ökonomisches

Zünfte

Sie wurden vor 900 Jahren gegründet,
da haben sich die Handwerker verbündet.
.Sie bildeten bald eine politische Kraft,
neben der alteingesessenen Patrizierschaft.

Jede Zunft gab sich gesetzliche Statuten
mit umfassenden Attributen:
Doch nicht nur ihr Gewerbe war organisiert,
auch die Familiengründung war reguliert.

In der Arbeitsqualität gab es Konkurrenz,
feste Preise sicherten die Existenz.
In Sitte und Glauben hatte man sich zu fügen,
auch die Gesellen mussten dem genügen.

Nachdem dieses Modell 400 Jahre bestand,
begann ein Umschwung im Abendland.
Der schlug die Welt in seinen Bann,
womit der Niedergang der Zünfte begann.

Sie kämpften noch für ihr Schutzgebiet,
was zu schädlicher Misswirtschaft geriet.
Ihre Lage sich in Zwisten verschlimmerte,
um eine Ordnung sich keiner mehr kümmerte..

Eine neue Ordnung kam erst vor 150 Jahren,
als die Zünfte längst am Ende waren.
Von einem ausgewogenem Gesetz getragen,
ging man der Selbstherrlichkeit an den Kragen. -

Dieser Vorgang uns deutlich erklärt,
Übermacht sich auf Dauer nicht bewährt.
Sie zerstört ein Kräftegleichgewicht,
das dauernde Stabilität verspricht.

Das gilt auch in modernen Staaten,
die häufig damit Schwierigkeiten hatten.
Aber um das im Alltag zu erkennen,
muss man sich erst die Finger verbrennen.

2000

Arbeitsplätze

Heute zahlt die Politik, wie jeder weiß,
für Arbeitsplätze einen hohen Preis.
Kranke Firmen werden mit Geld unterstützt
und Branchen ohne Perspektiven geschützt.

Jedes Mittel wird in Anspruch genommen,
wenn wir nur damit Arbeit bekommen.
Im Wachstum suchen alle ihr Heil,
nur wird uns hier kaum Entlastung zuteil,
denn mit Hilfe von Automaten
wird Wachsen am billigsten geraten.

Wenn die Arbeit weniger teuer wäre,
öffnete sich nicht diese Schere.
Dann belebten billigere Arbeitskräfte
viele Dienstleistungsgeschäfte.
Die Arbeitslosenzahlen würden sinken,
sogar Steuersenkungen könnten winken.

Allerdings wird dazu Vertrauen verlangt,
an dessen Mangel ist unser System erkrankt.
Geld und Sicherheit werden mehr geehrt,
als jeder gesellschaftsbildende Wert.

Da Besitzstände gewahrt werden müssen
verdrängt man darüber besseres Wissen.
Die Ausgaben für Soziales sind ungedeckt,
der Bund tief in der Rentenfalle steckt.
Hilfreiche Investitionen muss er verschieben,
zwischen Rot und Schwarz die Funken stieben.

Zwischen Anspruch und Machbarkeit
klafft eine andere Schere weit.
Bescheidenheit täte jetzt gut,
fehlen uns dazu Einsicht und Mut?

1999

Raumfahrt

Es geht hier nicht um die Satelliten,
die uns wirtschaftlich viel bieten,
es aber auch den Mächtigen möglich machen
das Erdgeschehen präzise zu überwachen.

Das lässt sich widerstrebend nachvollziehen,
die Forschung aber wollte noch weiter blühen.
Es geht ihr nur um Erkenntnisgewinn,
ein Grundbedürfnis seit dem Denkbeginn.

Wir wissen viel und wollen alles wissen
und kauen an unverdaulichen Bissen.
Wir leisten uns dann seltsame Kapriolen,
wollen das Blaue vom Himmel holen.
So wurde der Appetit auf das geweckt,
was sich hinter dem Mond versteckt.

Nun haben wir die Bilder von Steinwüsten,
mit denen die Forscher sich brüsten.
Sie suchen nach denkenden Wesen im All,
finden aber nicht die BSE-Kühe im Stall.

Eisdicken auf dem Mars sie messen,
das Glatteis auf der Strasse sie vergessen.
Aber Kunststoff, hitzebeständig und glatt,
einen Platz in der Pfanne gefunden hat!

Die Milliarden, für Raumfahrt verschwendet,
wären doch besser für Irdisches verwendet.
Wir wollen Gestalter der Erde sein,
halten aber unser Budget zu klein,
um sie zu nutzen *und* zu schonen
zum Wohle aller kommenden Generationen.

Deshalb plädiere ich entschieden,
investiert das Geld für irdischen Frieden.

1999

Auf der schiefen Bahn?

Sie war Inbegriff für sicheren Transport
mit dauerhaftem Pünktlichkeitsrekord.
Die Bahn, früher Transportmonopolist,
unter die AuToräder gekommen ist.

Die Bahn, fest in Beamtenhand,
war verpflichtet dem Vaterland.
Um den Markt kümmerte man sich nicht,
selbst als Lastkraftwagen kamen in Sicht.

Sie auch dann von Konkurrenz nichts ahnte,
als sie anfangs selbst die Autobahnen plante.
Trotzdem ist sie bei ihren *Schienen* geblieben,
hat sich nicht dem *Transport* verschrieben.

Fest verbunden mit ihrer Schienendomäne
übersah sie die kleinen Landstraßenkapitäne,
die heute 80 % aller Fracht übernehmen
und damit die Bahnstrategen beschämen.
Auch der Personentransport per Bus,
ist für die Bahn eine harte Nuss.

Bessere Aussichten hat der Personentransport
zwischen großen Städten und im inneren Ort.
Fahrzeugstaus bedingen lange Reisezeiten
und im Auto lässt es sich schwerer arbeiten.
Eine Marktlücke hat sich aufgetan
wird sie auch geschlossen von der Bahn?

Dazu fehlt es ihr an Flexibilität und Kompetenz,
als Voraussetzung für eine profitable Existenz.
Von der Schweiz könnte sie viel lernen,
doch sie verschließt sich dem Modernen.

Denn ihr Chef, der strotzt von Wissen,
vor dem sich die Beamten beugen müssen.
Bizarres gilt dann unumwunden
mehr als der Nutzen für die Kunden.

2001

Technik in der Schule

Die Technik zeigt ein doppeltes Gesicht,
sie ist Wohltäter, aber auch Bösewicht.
Wir brauchen ihre Hilfe ein Leben lang,
pendelnd zwischen Furcht und Überschwang.

Viele von uns kennen ihr Wesen nicht
und sitzen doch über sie zu Gericht.
Die müssten doch endlich beginnen
mehr Kenntnis über sie zu gewinnen.
Wenn wir des Wesen der Technik verstehen,
werden wir verständiger mit ihr umgehen.

Für erwachsene Laien ist das nicht so leicht,
bei Jugendlichen wird dagegen mehr erreicht,
sind nur die Lehrer der Naturkunde bereit,
Technik darzustellen in objektiver Offenheit.

Auch mit ihren Erfolgen und Misslingen
ist die Technik in Geschichte einzubringen,
denn statt allzu viel Wissen zu lehren,
ist der Umgang mit ihm zu erklären.

Den technisch Begabten fördernd begleiten
um ihn auf sein Studium vorzubereiten,
wobei er in Arbeitsgruppe oder Projekt,
seine Neigungen und Fähigkeiten entdeckt.

Seinen Sinn für das Machbare pflegen,
und ihm dafür ethisches Rüstzeug geben.
Er steht nämlich später vor der Frage,
ist Technik Fortschritt oder gefährliche Plage.

Setzt sie als Dienstleister für das Leben ein,
dann wird das Mensch und Natur dienlich sein.
denn sie soll nicht nur dem Menschen nützen,
sie kann und muss auch die Umwelt schützen.

2000

Entlohnung nach Kassenlage

In jedem Arbeitsvertrag hat der Lohn
eine streng verbindliche Position.
Doch für Ärzte und verordnete Arznei
ist es mit solcher Sicherheit vorbei.
Die Politik geht besondere Wege
in Sachen Erstattungsverträge.

Die Punkte, die der Arzt erhält,
sind nicht das Maß für das Geld,
das er für seine Arbeit kriegt,
weil das einer Klausel unterliegt.

Sie gebietet Rücksicht auf die Kassenlage
und wird damit zu einer moralischen Frage,
denn der Punktwert, den der Arzt erlangt,
sinkt, sind die Patienten häufiger erkrankt!

Lindert der Arzt zuviel Patientenqualen,
muss er selber die notwendige Arznei bezahlen,
Denn die Arzneien unterliegen dem Sparprozess,
sind seine Rezepte zu teuer, droht ein Regress.

Erst Monate später er erfährt,
was der Punkt von damals war wert
und ob er zuviel verschrieben,
weil er über dem Durchschnitt geblieben.

Solche Böcke die Politiker schießen,
wenn sie sich der Realität verschließen.
Doch die wird sie demnächst zwingen,
bessere Gesetze hervor zu bringen.

Das System ist aus dem Gleichgewicht,
unausgewogen sind hier Recht und Pflicht.
Gesund ins hohe Alter hat seinen Preis,
was keiner hören will, obwohl es jeder weis.

2000

Geld

Mit Tauschen konnte man nicht zufrieden sein,
bei ihm ist die Auswahl grundsätzlich klein.
Da war das Geld war eine geniale Erfindung,
es brachte den Handel erst richtig in Schwung.

Es hat im Wirtschaftsleben den höchsten Rang
und schafft mit allem einen Zusammenhang,
der ihm eine Erhebung über das Materielle gewährt
und wird zur Allmacht, die kriegt, was sie begehrt.

Alles was sich mit ihm berührt,
wird nach seinem Wert taxiert.
So verleiht es seinem Besitzer Macht
und die hat nicht immer Gutes vollbracht.

Mit Gewinnstreben und Intelligenz
kam das Finanzwesen zu hoher Potenz.
Dessen Macht wächst jetzt exponentiell
zu einem durchgehenden Karussell.

Das Geld, einst hochwillkommen,
hat eine Eigendynamik bekommen.
Es will sich nur noch selbst vermehren,
ohne sich um moralische Werte zu scheren.

Das geschieht in beängstigender Weise,
jeden Tag gehen Billionen auf die Reise,
um ihre Besitzer noch reicher zu machen,
ohne darauf zu achten, was sie entfachen.

Das rechte Maß geht dabei verloren,
vor Warnungen verschließen sie ihre Ohren.
wollten sich nur alle etwas kaufen,
würden wir in eine Falle laufen:

Die Inflation würde ganze Arbeit verrichten
und einst sichere Existenzen vernichten.
Dann kehrte die Armut bei uns allen ein,
ein Zusammenbruch würde die Folge sein.

2000

Staatsschulden

Nach dem Motto »Erst borgen, dann sparen«:
werden Häusle gebaut und Autos gefahren
und der kapitalschwache Schreinermeister
ginge ohne Geborgtes sicher koppheister.
Die amortisieren sich im Lauf der Zeit
durch eine gestiegene Geschäftstätigkeit.

Der Staat dagegen, wenn er Schulden macht,
ist selten auf solchen Substanzgewinn bedacht.
Er kommt mit den Steuern nicht zurecht,
seine Geberlaune ist demokratiegerecht.

Will man sympathisierende Wähler werben,
scheut man sich nicht Bilanzen zu verderben,
wenn es mit Wahlgeschenken übertreibt
und deshalb auf Schulden sitzen bleibt.
Dann wird über nicht zu Änderndes gestritten,
es hat eben seine Grenzen, das Scherbenkitten.

In jeder Familie, die zu großzügig lebt,
bald der Kuckuck auf der Habe klebt.
Ein Verein, der sich im Maß übernimmt,
ist pleite, wenn die Kasse nicht stimmt.

Nur der Staat bleibt lange ungeschoren,
er zieht dem Bürger das Fell über die Ohren.
Er muss Steuern für Zinsen berappen,
womit die Gelder für Investments verknappen.

Die Übertragung von Schulden auf die Jungen
steht gegen moralische Überlegungen.
Es spricht viel für geordnete Finanzen,
Schulden schädigen das Wohl des Ganzen.

2002

In der Klemme

Wohlstand beruht auf Arbeit und Kapital.
sie brauchen einander in jedem Fall.
Beide werden für ihre Leistung entschädigt,
doch damit ist längst nicht alles erledigt,

Menschen erkranken oder sind in Pension,
und das Kapital leidet unter der Inflation.
Sie alle sollten vollkommen gesichert sein,
nur dafür sind heute alle Kassen zu klein.

Jahrzehntelang wurde die Lage beschönigt,
viel zu viel wurde großzügig genehmigt.
Nun ist der soziale Frieden in Gefahr,
denn die Pleite wird jetzt offenbar.

Schuld sind die beiden großen Parteien,
die sich engstirnig zu oft entzweien.
Notwendige Reformen haben sich aufgestaut,
denn echte Lösungen sind doktrinär verbaut.
Dazu ist die Materie derartig kompliziert,
dass sich die Wissenschaft darin verirrt.

Es fehlt ein Bündnis für Arbeit und Wirtschaftskraft
mit dem Charakter einer Genossenschaft,
das die Erfahrungen anderer Länder prüft
und zweckdienliche Entscheidungen trifft.
Es wäre aber damit nicht viel verbessert,
würden die wieder, wie bisher, verwässert.

Das läuft nur mit einer großen Koalition
und nur mit klugen Köpfen, frei von Beton.
Sind nach vier Jahren die Fundamente gelegt,
werden wohl besser die alten Bräuche gepflegt,
denn Kontrollen durch eine starke Opposition
sind gegen Dauerproporz die beste Bastion.

2002

Janusköpfiger Tourismus

Der Wettbewerb hat es uns beigebracht,
beim Reisekauf wird nur der Preis bedacht.
Stimmen Strand, Hotel oder der Club,
dann kommen die Massen im Schub.

Alles ist verlockend niedrig kalkuliert,
Naturverderb wird einfach ignoriert.
Hier zeigt sich freie Marktwirtschaft pur.
von Verantwortung kaum eine Spur.

Denn es besteht bei jedem, der verreist,
Gefahr, daß er zuviel Natur verschleißt.
Der Niedergang der Umwelt ist so eingeläutet,
die armen Länder werden wieder ausgebeutet.
Kostbarkeiten sind sehr schnell zerstört,
gesucht ist ein Modell, das dies verwehrt.

Gebt doch den Massen zwei Arten von Zonen:
Eine, in der sie arbeiten und wohnen
und eine, um sich auf ihre Art zu vergnügen,
viel Seichtes ist dort für wenig Geld zu kriegen.
Da ist der Billig-Tourismus kanalisiert,
weil man ihn städtisch konzentriert.

Ein Land, das seine Eigenart bewusst erhält,
erwartet Verständnis und höheres Entgelt.
Geben und Nehmen sind im Gleichgewicht,
Verlierer gibt es dann auf beiden Seiten nicht.

Hier genießt die Natur ein Bleiberecht
und damit sich dies nicht schwächt,
ist gut bezahltes Personal auf Wacht,
wie man es schon auf Galapagos macht.

Das wäre nur ein Signal für eine Welt,
die nachhaltiges Leben über alles stellt.

2001

Kapitale Macht

Wer Geld hat, der leiht es auch her,
denn durch Verzinsung wird es leicht mehr.
Der Schuldner hat dann die Möglichkeit,
mehr zu produzieren in gleicher Zeit.
Dabei sinken eigenartiger Weise,
neben den Kosten auch die Preise.

Das wiederholt sich ungezählte Mal
und ständig wächst dabei das Kapital.
Größe wird dabei immer wichtiger,
Abhängigkeiten undurchsichtiger.

Shareholders Value wird zum Gütemaß,
das kommt wiederum dem Kapital zu pass.
So kommt man zu Geld, das man nicht braucht
und zu dessen Vermehrung man Leute kauft.

Die entlocken dem Kapital neue Stärken,
spekulieren, bevor Andere es merken,
denn ist ein Wirtschaftsgefüge rissig,
wird das Kapital schnell bissig.
Es macht Beute zu kleinem Preis,
bald darauf laufen die Kurse heiß.

Ein Geschäft ist erledigt,
das Gemeinwesen geschädigt.
Hier verliert das Kapital
seinen Bezug zur Moral.

Die Harmonie der Daseinsgrößen ist gestört,
das Kapital wurde zum beherrschenden Wert.
Vernunft und Arbeit beugen sich seiner Macht,
zuviel wird nur mit seiner Erlaubnis vollbracht.

Vielleicht bringt eine evolutionäre Kraft
diese Größen in gedeihliche Nachbarschaft.
Menschlichkeit harmoniert mit Kapital -
ein illusionärer Hoffnungsstrahl?

2000

Kapitalanleger

Die Börse liegt im Zentrum der Interessen,
wenn es darum geht Wirtschaft zu messen.
Steigen die Kurse, dann ist die Firma gut,
zum Aktienkauf braucht es nur wenig Mut.

Doch so einfach ist es wahrlich nicht,
auf der Zukunft liegt das Hauptgewicht.
Die Börse ist das Feld der Spekulanten,
die auch noch nie die Zukunft kannten.

Trotzdem suchen sie nach Frühsignalen,
die wirken könnten auf geschäftliche Zahlen.
Dann wird kombiniert und vermutet, -
ein falscher Entschluss und man blutet.

Es ist wie bei Pferderennen,
den Favoriten alle bestens kennen.
Auch den trifft mal ein Missgeschick
oder dem Außenseiter half das Glück.
Hohe Gewinne erzielt man nur,
ist die Aussicht von riskanter Natur.

In diesem Meer von Unsicherheit
sucht der Anleger sicheres Geleit
bei erfahrenen Beratungsfirmen,
die ihn professionell beschirmen.
Aber könnten die Zukünftiges prophezeien
würden sie das Beste für sich abseihen.

So erheben sie Beratungsgebühren,
damit können sie besser existieren.
Zwei Drittel sind schlechter als der DAX,
erwarten wir von ihnen keine Klimax.

Wer dagegen selbst auf Favoriten setzt,
die Börse mit mäßigem Gewinn verlässt.
Aber die letzten Monate zeigten es klar,
das Börsenkasino ist unberechenbar.

2002

Wachstum

Wenn Kinder wachsen, findet das man schön,
das Gleiche gilt für das Wirtschaftssystem.
Doch zwischen beiden besteht ein Unterschied,
wenn man genauer auf die Phänomene sieht.

Die Menschen kommen und gehen,
wie vom Prozess der Natur vorgesehen.
Besteht dabei ein Fließgleichgewicht,
man von stabilen Verhältnissen spricht.

Wird das einmal nachhaltig gestört,
sich die Natur auf ihre Weise wehrt.
Von sozialer Rücksicht hält sie nicht viel,
die Erhaltung des Lebens ist ihr einziges Ziel.

Die von uns erfundene Marktwirtschaft
lässt dieses Prinzip gedankenlos außer acht,
sie ist auf dauernden Zuwachs bedacht.
Zwei Prozent pro Jahr müssen es sein,
sonst schränkt sich der Wohlstand ein.

Die Forderung nach Dauerwachstum ist dumm,
um Grenzen kommt niemand auf Erden herum.
Folglich müssen wir uns daran gewöhnen,
einmal Null-Wachstum in Kauf zu nehmen.
Wer das nicht wissen will, verhält sich tollkühn
und provoziert damit einen sicheren Ruin. -

Die Pragmatiker, davon unbeeindruckt überlegt,
wie er wenigstens die nächsten Jahre überlebt.
Vermutlich hat er mit diesen Denken recht,
denn noch es geht uns nicht so schlecht.

Aber das gilt bestimmt nicht für alle Zeit,
irgendwann tritt ein, was hier prophezeit.
Dann trifft uns zwar viel größeres Leid,
aber das macht eher zum Einlenken bereit.

2000

Nachhaltigkeit

Der Begriff ist schon 300 Jahre alt
und galt für die Wirtschaft im Wald.
Dessen Volumen sei jederzeit konstant,
dann stehe es gut um seinen Bestand.

Dann hat man Monokulturen eingeführt
und damit wurde das System destabilisiert.
Die Artenvielfalt wurde dadurch beschnitten,
sogar der ökonomische Nutzen hat gelitten. -

Die meisten der menschlichen Aktivitäten
gefährden Systeme auf unserem Planeten,
weil sie deren Stabilitäten gefährden oder stören
und damit Unheil für uns heraufbeschwören.

Die UN hat sich der Sache angenommen
und ist '95 in Rio zu Beschlüssen gekommen.
Nur ist es leider dabei geblieben,
andere Kräfte sich dazwischen schieben.

So hat die globalisierende Wirtschaftsmacht
das Finanzwesen ins Zentrum gebracht.
Gewinnmaximierung wurde zum Gebot,
aber dabei gerät Tragendes aus dem Lot.
Von Nachhaltigkeit ist nur Sonntags die Rede,
während der Woche liegt man mit ihr in Fehde.

An zu vielen Stellen wird Stabiles gestört,
und da ist keine Kraft, die dies verwehrt.
In Politik, Ökologie oder im sozialen Bereich,
die Ursache der Konflikte ist überall gleich:

Der Machttrieb des Menschen ist ungebrochen,
die Starken wollen die Schwachen unterjochen.
Wie man die Törichten zur Besinnung bringt?
Ich fürchte, dass dies nur einem Super GAU* gelingt.

2003

* Größter, anzunehmender Unfall

Das Kernproblem

Beim Geld hört alle Freundschaft auf,
das sei nun mal der Weltenlauf.
Dieser Spruch ist heute aktueller denn je:
das höchste Gut befindet sich im Portemonnaie.

Im Streben nach Anerkennung und Macht
wird das Meiste mit Geld vollbracht.
lässt sich doch mit ihm weit mehr erreichen,
weil begrenzende Dämme seinem Druck weichen.

Die von ihm überfluteten Länder und Leute
geraten den Reichen zu fetter Beute
und, das ist schon jetzt bewiesen,
dabei entstehen sozial-politische Krisen.
Auch macht Geld die Umwelt labiler,
doch die Mächtigen lächeln nur darüber.

Wir haben dem Kapital viel zu verdanken,
jetzt braucht es jedoch stärkere Schranken,
denn das Kapital hat eine Kraft entwickelt,
mit der es bewährte Strukturen zerstückelt.

Es hat uns zu dienen und nicht zu regieren,
darf uns nicht in Fallen und Abgründe führen.
Die Menschen müssen sich nun entscheiden,
wie sie dem Kapital die Flügel beschneiden.

Soziales und Kapital brauchen wie die Natur
eine sich selbst stabilisierende Struktur.
Dafür ist ein ganz neues System zu erfinden,
in dem wir uns an neue Werte binden.

Finden wir aber kein solches System,
dann haben wir ein Existenzproblem.
Hoffen wir, dass den Menschen das gelingt,
was sonst nur eine Katastrophe vollbringt.

2000

Vom selben Autor sind bisher erschienen:

Beobachtet und auf den Punkt gebracht
PLAKADICHTE VOM SCHNEEGANTER

Der Schneeganter betrachtet unsere Lebensweise in der Wendezeit aus philosophischer, politischer und wirtschaftlicher Sicht. Dabei will er nicht nur deutliche Denkanstöße für die großen und kleinen Macher geben, sondern auch zum Tun ermuntern. Er wählt die Form lyrikfreier plakativer Verse, die in zwei Minuten Lesezeit einen Zusammenhang vermitteln, über den sich zwei Stunden oder länger diskutieren lässt.

ISBN 3-89501-588-1

R.G. Fischer Verlag, Frankfurt/Main
1998 (Edition Fischer)

Richtpreis € 11.-

In jeder Buchhandlung.

Im Internet: **schneeganter.de**

Wir Menschen und unsere Grenzen
PLAKATIV VER-DICHTET VOM SCHNEEGANTER

Suggestive Meinungsmache steuert uns mehr als wir wissen.

Selber hinterfragen und Antworten suchen macht selbstsicherer!
120 Beispiele regen zum prüfenden Nachdenken an.

ISBN 3-89811-315-9

Richtpreis € 11.-

In jeder Buchhandlung.

Im Internet: **schneeganter.de**
oder **MeinBu.ch** oder **Bod.de**